COLLECTION FOLIO

Erskine Caldwell

Bagarre de juillet

Traduit de l'anglais par Jean-Albert Bédé

Gallimard

Titre original :

TROUBLE IN JULY

Erskine Caldwell est né à White Oak, près d'Atlanta, en Georgie, où son père était pasteur. Sa mère descendait d'une famille distinguée de Virginie. Son père était un personnage très connu dans les milieux protestants du Sud. Tous deux furent des universitaires. Erskine Caldwell lui-même a fait des études aux universités de Virginie et de Pennsylvanie. Mais il ressentit de bonne heure la vocation d'écrire et, comme tant de romanciers américains, plus qu'aux livres, il s'est adressé directement à la vie pour faire son apprentissage d'écrivain. Il nous a raconté lui-même dans *Call it Experience : the Years of Learning How to Write* (1951), comment en 1926, il quitta le journal d'Atlanta où il travaillait pour se retirer dans une ferme presque abandonnée du Maine et commencer là à écrire. Sa vie était dure, et il connut la faim et le froid.

Après avoir publié *The Bastard* (1929) et *Poor Fool* (1930) *(Un pauvre type)*, deux récits, dont le second surtout donne déjà les couleurs les plus violentes de la manière de Caldwell et s'apparente au genre « noir », le succès est venu avec la publication de *Tobacco Road* (1932) *(La route au tabac)*, puis de *God's Little Acre* (1933) *(Le petit arpent du bon Dieu)*, qui firent connaître son nom à des millions de lecteurs, dans le monde entier.

Pour JANET, DEE *et* PIX.

E. C.

I

Le sheriff Jeff Mc Curtain dormait profondément dans le lit conjugal à l'étage de la prison d'Andrewjones, siège du comté. Tout à coup, un bruit de poings tambourinant sur la porte lui fit ouvrir l'œil. Il avait le sommeil lourd, et seul un fracas sortant de l'ordinaire, ou quelque secousse administrée par sa femme, pouvait le réveiller avant le petit jour.

Avec sa femme, il habitait quatre pièces confortables, situées en façade au premier étage de la prison de briques rouges. Les pièces du dessous, au rez-de-chaussée, servaient de bureaux, et, derrière elles, s'étendait une longue salle en forme de grange remplie de cellules qui montaient jusqu'au plafond. Pour séparer les deux parties du bâtiment, il y avait une lourde grille de fer et l'épaisseur d'acier d'un rideau d'incendie. La loi obligeait le sheriff du comté à élire domicile dans la prison, alléguant qu'il y serait mieux placé pour surveiller les détenus.

Le sheriff Jeff Mc Curtain ne voyait aucun inconvénient à cette combinaison, car il n'avait pas de loyer à payer et le logement était frais en été et chaud en hiver. Par contre, sa femme, Corra, rougissait quelque peu de devoir vivre sous le même toit que des prisonniers. Chaque fois qu'elle revenait sur le sujet, le sheriff Jeff lui laissait entendre que les gens du dedans ne différaient en rien de ceux du dehors, à cela près qu'ils s'étaient fait pincer. La clientèle de la prison se composait en général d'une poignée de nègres qu'on avait surpris à passer de fausses pièces de dix et de vingt-cinq *cents ;* de quelques autres qui, histoire de rire, avaient dispersé à coups de feu une réunion paroissiale ou un pique-nique du samedi soir ; ou bien encore, à l'occasion, de deux ou trois individus des deux races qui, mis en liberté provisoire, avaient fait mine de s'esquiver.

Le tambourinage sur la porte de la chambre s'interrompit un instant et le sheriff Jeff restait sans bouger, prêtant l'oreille pour savoir si l'intrus s'en était allé. Il la trouvait mauvaise qu'on vînt comme ça le tirer d'un profond sommeil au milieu de la nuit. D'abord, il s'était donné un mal de chien pour désigner des adjoints de confiance, capables de prendre soin de tout ce qui surviendrait durant son repos. Ensuite, il y avait tout juste un locataire dans la prison. C'était un nègre Geechee * du nom de Sam Brinson, qu'on gardait sous les verrous pour avoir, à son habitude, vendu une vieille automobile déjà hypothéquée. L'antique bagnole ne valait pas plus de huit à dix dollars au maximum, et, de toute façon, le sheriff Jeff s'apprêtait à relâcher Sam dans quelques jours.

Corra se tourna du côté de son mari et entreprit de le secouer.

— Jeff, il se passe quelque chose !

Ce que disant, elle se mit à genoux et lui cogna

* Nègre de la région côtière entre la ville de Savannah, dans l'État de Georgie *(Gee)*, et la ville de Charleston *(Chee)*, dans l'État de la Caroline du Sud. La race « Geechee » est censée avoir des traits particuliers qui la distinguent de celles de l'intérieur (N. T.).

dessus comme elle eût fait sur un battoir. Corra était une femme de petite taille et qui ne pesait pas cent livres. S'agissait-il de discuter le coup, elle avait la langue aussi bien pendue que son mari ; mais c'était perte de temps et de souffle, elle le savait bien, que d'essayer de lui tenir des discours quand il était endormi. Comme homme, le sheriff Jeff se posait un peu là. Il était grand, massif et lourd. Il pesait bien dans les trois cents livres, et encore, l'hiver, mangeait-il davantage, s'appuyant un supplément saisonnier de quinze ou vingt livres. Corra l'empoigna solidement par le cou et l'épaule et s'évertua après lui ni plus ni moins que sur une salopette boueuse.

— Réveille-toi, Jeff ! Réveille-toi à la minute ! Jeff, il y a quelque chose qui cloche !

— Quelque chose qui cloche ? demanda-t-il, la voix pâteuse de sommeil. Quelle heure est-il donc ?

— T'occupe pas de l'heure. Réveille-toi, je te dis.

— Un homme a droit à son repos quelles que soient les fonctions qu'il exerce.

Elle le secoua un peu plus longtemps, pour la bonne mesure.

— Réveille-toi, Jeff, lui dit-elle. Mais réveille-toi donc, et plus vite que ça !

Il étendit le bras et fit la lumière. Sur la table, à la lueur de la lampe, il pouvait consulter sa montre sans avoir à lever la tête. Il était minuit un quart.

— Si le Sam Brinson a mis les voiles et qu'un de ces sacrés adjoints soit monté me réveiller à cette heure de la nuit pour me conter la chose, je...

— Oh ! ferme ça, Jeff, et ne fais pas tant d'histoires ! dit Corra, lâchant son emprise et s'asseyant sur les talons. C'est pas le moment de chercher noise à tes adjoints ni à personne d'autre. Peut-être bien qu'une anicroche s'est produite quelque part. Dieu sait tout ce qui peut arriver à cette heure de la nuit !

Il y eut un nouvel éclat à la porte, plus bruyant qu'auparavant. Cette fois, il semblait bien qu'on eût commencé à donner des coups de pied dans le panneau. Quelques-unes des mouches assoupies au plafond s'envolèrent et descendirent sur le lit.

— C'est-il vous, Bert ? Qu'y a-t-il donc, Bert ? demanda Corra de sa voix pointue.

Elle s'était dressée sur les genoux et pinçait sa chemise de soie rose sur sa maigre poitrine.

— Oui, m'ame, c'est moi, dit Bert. Pour sûr que ça m'embêtait de réveiller le sheriff Jeff, mais j'ai pas vu comment je pourrais faire autrement.

Le sheriff Jeff décocha une claque à une mouche chatouilleuse qui lui parcourait le front. Cet effort le réveilla davantage. Il changea de côté et s'assit sur le bord du lit. Ses mouvements étaient lents et sa lourde charpente faisait craquer les ressorts et le bois du lit comme s'ils étaient à deux doigts de céder sous la pression.

— Bert, qu'est-ce qui vous prend à cette heure de la nuit ? s'écria-t-il, enfin réveillé pour tout de bon. A quoi ça rime-t-il de faire comme ça un boucan du diable au milieu de la nuit ? Ne savez-vous donc pas que j'ai besoin de dormir ? Comment voulez-vous que je sois frais le matin si tout mon sommeil est foutu en l'air ?

Sauvagement, il chassa une autre mouche.

— Eh bien ! de quoi s'agit-il ?

Corra se leva, et, de ses courtes petites enjambées, traversa en hâte la largeur de la chambre. Elle passa son peignoir à fleurs jaunes qu'elle prit au crochet derrière la porte.

— Bert, dit-elle, qu'est-ce que vous lui voulez, à Mr. Mc Curtain ?

Revenant sur ses pas, elle se serra étroitement dans son peignoir et s'assit au bord du lit.

— Mrs. Mc Curtain, fit la voix anxieuse de Bert, dites-lui que m'est avis qu'il ferait bien de s'habiller et de descendre tout de suite. C'est important.

— Voilà ce qu'il y a d'assommant dans la politique, marmonna le sheriff Jeff entre ses dents. Tout semble important jusqu'à ce qu'on l'examine comme il faut. Quand on y regarde de près, y a gros à parier que c'est quelque chose qui aurait pu attendre.

— Cesse de ronchonner, dit Corra en lui fourrant son coude dans les côtes. Bert dit que c'est important.

— Ces m'as-tu-vu d'adjoints, Bert et Jim l'un comme l'autre, ça s'imagine que c'est important toutes les fois qu'un nègre est pris à dévaliser un poulailler.

— Mets-toi debout et commence de t'habiller, dit Corra, se dressant d'un bond et se plantant devant lui, la mine renfrognée. Tu m'entends, Jeff ?

Il leva les yeux sur sa femme et envoya une claque à l'une des mouches qui lui chatouillait la nuque.

— Bert ! cria-t-il. Pourquoi n'avez-vous pas attendu jusqu'au jour ? Si vous avez en bas un nouveau prisonnier, mettez-le donc sous clef et je m'en occuperai demain matin dare-dare, sitôt que j'aurai fini mon petit déjeuner.

Il attendit une réponse de Bert. Mais tout restait silencieux de l'autre côté de la porte.

— Et si l'un des m'as-tu-vu que vous êtes s'en est allé ramasser une putain de négresse en train de se faire enfiler dans un coin, et qu'il soit venu me réveiller comme ça pour me conter l'affaire, je vous fiche mon billet que je lui en ferai voir des vertes et des pas mûres. Sans compter que je veux qu'on leur foute la paix, à ces garces de négresses. Y a eu beaucoup trop de micmacs avec elles, pendant tout l'été, dans le cagibi là-bas derrière. Je vous flanquerai à la porte tous les deux, et presto je ne vous dis que ça, si la chose n'arrête point. Au cas où les blanches ne vous suffiraient pas, faudra aller ailleurs fricoter avec les noires. Vous direz à Jim Couch que j'ai dit...

— Jefferson !

La voix brève de Corra vint le piquer comme un coup d'épingle.

— Mais, sacré tonnerre, j'entends que ça finisse ! dit-il avec emportement.

— Sheriff Jeff, se hâta d'interposer Bert, c'est point du tout de ça qu'il s'agit cette fois-ci. Vous ferez bien de descendre tout de suite.

— Est-ce que Sam Brinson s'est cavalé... après tout ce que j'ai fait pour lui ?

— Non, monsieur. Le noir Brinson est toujours dans le numéro 3. Il est là-bas qui dort bien tranquillement.

Corra vint se rasseoir sur le lit, aux côtés de son mari, tout en ramenant étroitement sur elle la robe de chambre à fleurs jaunes comme pour empêcher que rien de sa personne ne le touchât. Elle n'ouvrit pas immédiatement la bouche, mais, à la seule façon dont elle le regardait, le sheriff Jeff savait bien qu'il lui faudrait subir un flot de paroles avant de quitter la pièce. Il se prit la tête dans les mains et attendit que s'ouvrissent les écluses. Il pouvait entendre Bert qui descendait les marches de l'escalier.

— Dis-moi, Jeff, c'est bien vrai que toi-même, tu n'as rien eu à voir avec ces filles de couleur ? demanda-t-elle enfin, d'une voix qui s'élevait et tombait avec des inflexions de tendresse et de souci. J'en mourrais de honte, Jeff. Je ne pourrais tout simplement pas le supporter. Je ne sais pas ce que je ferais.

Quand elle reprit son souffle, il fit non de la tête, lentement. Du coin de l'œil, il s'arrangeait pour regarder sa montre sur la table. Tant de fois, par le passé, il avait entendu sa femme discourir sur le sujet, qu'il savait exactement combien de temps il lui faudrait pour dire ce qu'elle avait à dire. L'air excédé, il replongea la tête dans la coupe de ses mains et ferma les yeux béatement. Ce lui était un soulagement que de fermer les yeux à un moment pareil et de songer à des choses très lointaines.

— Jeff, une fille de couleur est restée enfermée de samedi soir jusqu'à lundi matin. C'est bien sûr que tu n'es pas allé dans le cagibi pendant qu'elle était là ?

Il fit non de la tête.

Corra s'était remise à pérorer quand, soudain, Bert frappa de nouveau à la porte.

— Sheriff Jeff, vous ferez bien de descendre en vitesse !

— Mais voyons, Bert, qu'est-ce qu'il y a ? demanda Corra en se levant précipitamment.

— C'est quelque espèce de grabuge du côté de Flowery Branch [1]. Un nègre, par là-bas, qui s'est attiré des histoires, et une bande de blancs qui est partie après lui. M'est avis que ça pourrait faire du vilain, Mrs. Mc Curtain. Ne croyez-vous pas que le sheriff Jeff ferait bien de descendre voir un peu ?

Le sheriff Jeff gémit lamentablement. Ça voulait dire qu'il lui faudrait se lever, s'habiller et aller à la

* Littéralement : *le Ruisseau Fleuri* (N. T.).

pêche. Et il savait que nul homme au monde ne détestait la pêche autant que lui.

— Jeff, tu entends ce que dit Bert ? s'écria sa femme, accourant à lui et le secouant de toutes ses forces. Tu entends ça ?

Il poussa un gémissement qui lui venait du fond des entrailles.

— Je me suis fait vieux longtemps avant l'âge, dit-il tristement. C'est d'avoir une situation politique qui a voulu ça. A présent, je ne suis plus rien qu'une vieille paire de fesses ramollies.

Il se mit debout, roidissant les jambes pendant que s'équilibrait sa lourde carcasse, et commença de rafler ses vêtements. Il ne pouvait souffrir la vue d'un poisson ; jamais il ne mangeait de poisson ; et pour éviter l'odeur d'un poisson, il n'hésitait pas à faire un détour de plusieurs rues. Mais d'aller à la pêche était l'unique moyen dont il disposât pour se tirer d'une affaire délicate. Depuis onze ans qu'il était sheriff du comté de Julie, il lui avait fallu entreprendre tant d'expéditions de ce genre qu'il en savait plus que personne à la ronde sur la pêche au ver et à la mouche. Il avait dû se contraindre à attraper du poisson par toutes les méthodes connues. Il en avait pris au lacet ; il en avait capturé à la seine ; il en avait tué à coups de fusil ; et, à défaut d'autre procédé, il avait eu recours à la dynamite.

— Jeff, lui dit Corra, le meilleur endroit du monde où te défiler à pareille heure, c'est Lord's Creek *. A la pêche.

Il lui fit face, tout bredouillant de rage.

— Sacré tonnerre ! éjacula-t-il. Pourquoi faut-il que

* Littéralement : *le ruisseau du Seigneur* (N. T.).

tu me parles poisson à cette heure quand tu sais combien j'en ai horreur ?

— Allons, allons, Jeff ! lui dit-elle sans perdre son calme. Tâche donc de te maîtriser un petit peu.

Timidement, la voix de Bert se fit entendre dans le corridor.

— Venez-vous, sheriff Jeff ? Ce nègre qu'ils sont en train de pourchasser, probable qu'il va être pris d'un moment à l'autre.

— Bert, soupira le sheriff, descendez m'attendre au bureau. Je vous rejoins dans une minute pour voir ce que je peux faire.

Il passa les pieds dans les jambes de son pantalon.

— Et maintenant, préluda Corra, écoutez bien ce que je vais vous dire, Jefferson Mc Curtain. Si jamais l'occasion a voulu que vous alliez à la pêche, c'est bien...

— Sacré tonnerre de tonnerre de Dieu ! vociféra-t-il, tirant sur les passants de son pantalon et faisant entrer son ventre dans la ceinture. Tu ne vois donc pas dans quel pétrin je suis ? Voilà onze ans que je m'esquinte le cul à essayer de me tenir en dehors des querelles politiques, affaire de pouvoir conserver mon poste. Et tout ce que tu trouves de mieux à cette heure est de venir m'enquiquiner avec tes histoires ! Tu sais bien qu'une bagarre comme ça peut foutre en l'air toutes les élections prochaines. Pourquoi viens-tu me tourmenter quand je fais tout mon possible pour tâcher de voir ce qu'il y a à faire ?

— Ce que je t'en dis, Jeff, c'est uniquement pour ton bien, fit-elle tendrement, ignorant sa colère.

Il voulait se dépêcher, mais ses mouvements étaient gênés par la nécessité de maintenir en équilibre sa massive personne. Quand il en vint à ses souliers,

Corra dut se mettre sur un genou pour les lui passer aux pieds et nouer les lacets.

— Mrs. Mc Curtain... dit Bert de l'autre côté de la porte.

— Minute, Bert... Il est en train de s'habiller. Descendez l'attendre au bureau.

Jeff tourna en cercle à plusieurs reprises, à la recherche de son chapeau. Corra le trouva pour lui et le lui mit sur la tête.

— Je suis prêt à parier tout ce que tu voudras que cette sacrée bagarre a éclaté à propos de rien du tout, dit-il, les yeux fixés sur sa femme. Quand ça se sera tassé, il n'y aura pas de quoi faire la pâtée d'un chien. C'est bien pour ça que ça m'horripile de me tourner les pouces jusqu'à la Saint-Glinglin en attendant que les choses s'arrangent.

— Tu feras bien, l'avertit Corra, de laisser les gens laver tout ce linge sale en famille.

Elle porta le doigt à hauteur de ses narines et commença de le secouer dans la direction de son mari.

— Jefferson Mc Curtain, moi, je suis là pour vous dire, et tout uniment encore, que si vous ne déménagez pas de ce coin du comté, et si vous n'allez pas pêcher quelque part pendant les trois ou quatre jours qui vont suivre, vous le regretterez jusqu'à votre dernière heure sur la surface de la terre. Et maintenant, fiche-moi le camp à Lord's Creek comme je t'ai dit.

Il jeta un regard d'envie sur la couche moelleuse et le creux que son poids y avait laissé. Les ressorts et le matelas fléchissaient de façon si engageante ! Comme il essayait de détourner les yeux de ce spectacle, son corps lui fit l'effet d'être devenu plus encombrant que jamais.

— Je voudrais t'y voir rien qu'une fois, dit-il,

obligée de rester planquée toute la journée à mouiller un bâton dans une rivière pleine de poissons vaseux. Les moustiques me boufferont tout cru, et ce qu'ils me laisseront de peau me démangera pendant quinze jours, rapport aux piqûres de chiques.

— Jefferson Mc Curtain, l'admonesta Corra en branlant la tête, aussi sûr que vous êtes en vie, vous vous ferez blackbouler à l'automne si vous avancez d'un seul pas vers Flowery Branch. La fois passée, vous avez trouvé moyen de vous faire réélire pour l'unique et bonne raison que le juge Ben Allen a pu tirer quelques ficelles à la toute dernière minute. Si vous allez vous fourrer dans une affaire de lynchage ou quelque chose comme ça, ni le juge Ben Allen ni qui que ce soit d'autre dans le comté de Julie ne saurait manipuler assez de cordes ou de câbles pour vous maintenir à votre poste. Les gens sont aussi inconstants que le vent du Sud en novembre quand il s'agit de voter.

Il mit sa montre dans sa poche, la mercuriale de sa femme lui retentissait encore aux oreilles. Sans s'attarder davantage, il entreprit, à pas pesants, de traverser la largeur de la chambre et de gagner la porte. Sa forte carrure faisait paraître toute chose alentour petite et insignifiante par comparaison. Le plancher craquait douloureusement sous le poids de son corps.

Quand elle le vit se mouvoir lentement à travers la pièce, Corra ne put s'empêcher d'avoir pitié de lui. S'il lui était donné de mettre la main sur l'auteur responsable de tout ce tracas, elle lui ferait regretter, à cet individu, d'être jamais venu au monde.

Elle accourut vers son mari comme il saisissait le bouton de la porte.

— Surtout, l'adjura-t-elle en lui tapotant le bras,

n'oublie pas d'emporter ce flacon de citronnelle qui est en bas dans le tiroir de ton bureau. C'est le flacon que tu avais sur toi la dernière fois que tu es allé à la rivière. Fais attention de t'en frotter bien comme il faut la figure et le cou. Les moustiques de Lord's Creek, cette année, sont pires que jamais. Allons ! Jeff, prends bien garde de ne pas commettre d'imprudences.

Elle lui fit sur le bras une pression affectueuse.

Il quitta la chambre sans un autre regard en arrière. Tout en descendant les marches, il faisait le vœu intérieur que les gens qui en avaient envie y allassent d'abord de leur lynchage et vinssent lui conter l'histoire quand tout serait fini. Le risque politique était pour ainsi dire nul à intervenir après le fait accompli et à proclamer que la loi devait être observée et appliquée. Parce qu'à ce moment-là, quatre-vingt-dix-neuf fois sur cent, on ne trouvait plus personne qui voulût bien s'offrir à identifier l'un quelconque des meneurs. Seulement, il y avait de par le comté une poignée d'hommes et de femmes toujours prompts à lui rappeler, chaque fois qu'une menace de lynchage s'était produite durant ses onze ans de vie publique, qu'il était tenu par serment de protéger la vie d'un suspect jusqu'au jour où celui-ci pourrait être traduit à la barre d'un tribunal. La dernière fois qu'on avait lynché un noir dans le comté de Julie, quelque six ans auparavant, il était parti à la pêche aussitôt reçue la nouvelle qu'une bande d'hommes blancs s'était lancée à la poursuite du nègre ; et il était demeuré à Lord's Creek cinq journées entières. A son retour, le nègre était mort, tout le tintamarre avait cessé, et les esprits s'étaient calmés. Pourtant, il restait des gens, depuis cette époque-là, pour l'accuser d'avoir manqué à son devoir. C'étaient ces hommes et ces femmes qui risquaient de lui créer des tas d'ennuis si un nouveau lynchage avait lieu dans le comté. Même que, cette fois-ci, ça pourrait bien lui coûter son poste.

— Bert ! cria-t-il, veillant, de marche en marche, à transférer son poids tantôt sur un pied et tantôt sur l'autre. Hé ! Bert, m'entendez-vous ?

Bert sortit du bureau au pas de course et vint se planter au bas de l'escalier.

— Ça m'a l'air vilain, fit Bert, le suivant à travers le vestibule et jusque dans le bureau.

— Quoi donc ? demanda-t-il, debout au milieu de la pièce et clignant, dans la lumière crue, de ses yeux mal éveillés. Qu'est-ce qui a l'air vilain ?

— Cette affaire, là-bas, à Flowery Branch.

— Une affaire... à propos de quoi ?

— Je n'ai pas pu découvrir grand-chose jusqu'à maintenant. J'ai essayé de téléphoner à Jim Couch pour savoir s'il avait des renseignements, mais la femme de Jim me dit qu'il est parti de chez lui il y a une heure et qu'il n'est pas encore revenu.

— Je vais vous en faire voir des vertes et des pas mûres, à vous et à Jim Couch tous les deux, si de toute cette histoire, il ne sort que du vent.

— On dit qu'un jeune nègre du nom de Sonny Clark a violé une fille blanche, dans ces parages-là, ce soir à la nuit tombante.

Le sheriff se tut un moment. Il gagna sa table de travail, ramassa une liasse de papiers, puis la déposa de nouveau d'un geste brusque.

— Comment s'appelle la fille blanche ? demanda-t-il sans regarder Bert.

— Katy Barlow.

Le sheriff s'assit lourdement dans son fauteuil de bureau, un fauteuil de dimensions spéciales, aux bras suffisamment écartés pour accommoder la largeur de son corps. Il se renversa prudemment en arrière.

— Vous avez, dit-il, par là-bas sur ces coteaux sablonneux au-delà de Flowery Branch, des particuliers dont les filles n'ont jamais su faire la différence des couleurs. C'est malheureux à dire de nos frères blancs, mais il m'a toujours semblé que ces gens de par là-bas, ça ne faisait pas assez attention à la différence des couleurs. N'empêche qu'un noir devrait y regarder à deux fois, même lorsqu'il a affaire à une de ces filles blanches là-bas dans les coteaux. Si seulement les nègres...

— Cette famille Barlow est de par là-bas, dit Bert.

— Vous n'allez tout de même pas me chanter que la femme en question est une parente de Shep Barlow ?

— C'est sa fille.

La mâchoire du sheriff tomba. Il fixa les yeux sur Bert, hochant la tête d'un air sceptique. Quelques papiers glissèrent du bureau et voletèrent jusqu'au plancher.

— Cristi ! La fille de Shep ?

Bert fit signe que oui.

— C'est une sale histoire, opina le sheriff après un silence. Ah ! pour le coup, c'est une sale histoire. Shep Barlow n'est guère un type avec qui l'on puisse plaisanter. Il y a environ neuf ans de ça, il a tué un nègre qui n'avait rien fait que de briser accidentellement un manche de sarcloir. Et tout juste quelques années auparavant, il en avait tué un autre pour un petit truc encore bien moins grave. J'ai oublié à présent ce que c'était. Non, Shep Barlow, c'est pas quelqu'un à souffrir une chose comme ça, surtout si c'est sa fille qu'on a violée.

— C'est bien ce que j'essaie de vous dire depuis que

je vous ai appelé pour la première fois, sheriff Jeff. J'ai essayé de vous dire que c'était important. Jim Couch disait même...

— Mais vous ne m'avez pas expliqué que ça avait rien à voir avec Shep Barlow, rétorqua le sheriff, se mettant debout non sans peine. Voilà qui fait toute la différence du monde. Nous allons avoir des kyrielles d'embêtements aussi sûr que le soleil se lèvera demain matin. Ah ! pour des embêtements, on n'y coupera pas maintenant.

Il commença de remplir sa blague de cuir avec du tabac puisé dans la jarre qui se trouvait sur le bureau. Ses mains tremblaient très fort, et il répandait plus de tabac sur la table qu'il ne réussissait à en introduire dans la blague. Quand il eut fini, il balaya à terre, d'un seul revers de main, le tabac éparpillé.

— Peut-être, hasarda Bert, quand Jim Couch téléphonera...

— Peut-être, des noix ! interrompit le sheriff d'une voix altérée. Y a pas de peut-être dans tout ça. Sortez-moi ma canne à pêche du placard. Je m'en vais pêcher pendant quelques jours. En mon absence, vous et Jim, vous vous occuperez des affaires du mieux que vous pourrez. Mais ne faites rien sans avoir pris mes ordres en bonne et due forme. Si quelqu'un vient vous dire quelque chose, souvenez-vous que, vous autres adjoints, vous n'avez pas le droit de lever même le bout du doigt sans ma permission.

— Oui, monsieur. Oui, sheriff Jeff, dit Bert.

Jeff ouvrit trois ou quatre tiroirs, fourrageant à l'intérieur pour en ramener la fiole de citronnelle. L'ayant trouvée, il la porta entre ses yeux et le globe électrique. Elle était à moitié pleine d'un liquide jaunâtre. Il vissa étroitement le bouchon et glissa la bouteille dans sa poche.

— D'ici quelques jours, vous pourrez laisser sortir Sam Brinson, l'homme de couleur. Mais vous lui direz de ma part que, si je le reprends à emprunter sur une vieille bagnole, et puis à faire demi-tour pour la revendre sans crier gare, j'irai de ce pas au tribunal requérir contre lui une ordonnance exceptionnelle qui lui liera les pieds et les mains. Et je ne veux pas non plus trouver le cagibi là-bas derrière plein de ces garces de négresses quand je reviendrai. La dernière fois que j'ai filé pour quelques jours, j'ai constaté à mon retour qu'il y avait une fille noire quasiment dans chaque cellule d'un bout à l'autre de la prison. Vous direz à Jim Couch comme quoi j'ai dit que vous et lui, faudra par la suite aller quelque part ailleurs faire vos fricotages. Je vais pas permettre qu'on me change cette prison en bordel toutes les fois que j'ai le dos tourné. Si ça se reproduit, je vous en ferai voir des vertes et des pas mûres.

— Oui, monsieur, dit Bert.

II

Pendant que Bert cherchait la canne à pêche dans le placard, Jeff Mc Curtain fit un tour sur la véranda et leva les yeux vers la nuit étoilée. Le sentiment de sa solitude l'envahit dès qu'il eut quitté Bert et entendu le claquement de la porte grillagée qui se refermait derrière lui. A coup sûr, il allait passer à Lord's Creek quatre ou cinq des journées les plus solitaires de son existence. Il eût souhaité emmener Corra pour qu'elle lui tînt compagnie, mais il savait qu'elle n'écouterait jamais pareille proposition.

Ayant descendu les marches, il jeta un coup d'œil sur les fenêtres de la chambre du premier étage. L'électricité était toujours allumée et il pouvait apercevoir l'ombre de Corra qui se mouvait à travers la pièce. Sa femme, il le savait bien, ne se recoucherait pas sans s'être assurée qu'il était parti pour la rivière.

Il se retournait pour regarder encore une fois les étoiles, quand une automobile vrombit au centre de la ville, dévalant la grand-rue à toute vitesse. Au moment de prendre le tournant, elle ralentit tout d'un coup avec un crissement assourdissant de pneus sur le pavé. Quelques secondes plus tard, en face de la prison, les phares de la voiture rendaient la nuit plus claire que le jour. L'automobile fit un arrêt brusque qui la secoua de bout en bout. Avant que Jeff ait eu le temps de s'esquiver, quelqu'un sautait du marchepied et accourait vers lui.

— Sheriff Jeff !

— C'est vous, Jim ?

— Sheriff Jeff, je suis content que vous soyez debout et habillé.

— Eh bien ! qu'est-ce qu'il y a ?

Jim Couch, le plus âgé des deux adjoints, s'engagea au pas de course dans l'allée. Il haletait. Il dut s'arrêter, levant les yeux sur Jeff, cherchant à retrouver son souffle.

— J'arrive de Flowery Branch, articula-t-il enfin, la voix rauque d'émotion.

Il s'interrompit et respira profondément, à plusieurs reprises, avant de pouvoir en dire plus.

— J'ai pensé que peut-être vous ne saviez rien de la bagarre.

Il fit une autre aspiration et s'éclaircit la gorge.

— Je n'ai pas voulu rester là-bas et me laisser emberlificoter dans cette histoire sans savoir d'abord ce que vous comptiez faire, sheriff Jeff.

Jeff coula vers Jim un regard calme et serein.

— Moi ? dit-il placidement. Je m'en vais à la pêche, mon fiston.

Ils remontèrent l'allée de briques jusqu'à la véranda et ouvrirent la porte grillagée. Soudain, la sonnerie du téléphone se mit à retentir dans le bureau avec un bruit strident et désagréable. Jeff traversa le vestibule et se tint dans l'encadrement de la porte. Bert avait déjà saisi l'appareil.

— Le bureau du sheriff Mc Curtain ? rugit une voix de basse.

— Oui, répondit Bert, déplaçant lentement ses

prunelles de façon à regarder Jeff les yeux dans les yeux. Ici, Bert Stovall, adjoint au sheriff.

— Dites donc, quel bazar de bureau de police est-ce que vous tenez là ? demanda impérieusement la voix.

— Que voulez-vous dire ? questionna Bert, avide de savoir qui était son interlocuteur.

— Vous ferez bien de tirer Mc Curtain de son lit et de l'inviter à se grouiller pour attraper un nègre du nom de Sonny Clark. Sinon, je vais m'amener à Andrewjones et c'est moi qui le flanquerai à bas de son plumard. Je veux qu'on attrape Sonny Clark et qu'on le mette sous clef et à l'abri. Vous m'entendez ?

— Qui est à l'appareil ? s'enquit Bert fébrilement. Qui êtes-vous ? Comment vous appelez-vous ?

— C'est ici Bob Watson, à Flowery Branch. Sonny Clark est accusé d'avoir violé une jeune blanche, la fille d'un de mes tenanciers. Sonny travaille pour moi comme journalier. Je ne veux pas de bagarre par ici. Si Sonny Clark se fait lyncher, il ne restera plus un seul nègre dans ma plantation demain soir à la nuit tombée. Ou si j'ai trois pelés qui ne fichent pas le camp, ils prendront une telle frousse qu'ils n'oseront pas aller travailler dans les champs. Toute ma récolte sera ruinée. N'oubliez pas que c'est l'époque où l'on achève de sarcler et de nettoyer le coton. Je ne pourrai même pas me procurer de la main-d'œuvre au dehors si un nègre se fait lyncher dans ces parages. Dites-lui de ma part, à Mc Curtain, de se tirer de ses draps et de rappliquer par ici pour attraper Sonny. Et qu'il l'emmène à Andrewjones, ou ailleurs si ça lui chante, pourvu qu'il le boucle solidement et le mette à l'abri jusqu'à ce que cette bagarre se soit tassée. J'ai voté pour Mc Curtain la dernière fois qu'il s'est présenté aux élections, et ma femme vote pour la même liste que moi. Mais il n'aura plus jamais une seule voix dans ce coin du comté de Julie s'il manque de s'amener par ici et de faire quelque chose pronto pendant qu'il en est encore temps. Il a été élu et touche plus de galette qu'il ne mérite pour faire exactement ce que je vous dis là. Dites à Mc Curtain de ma part qu'il a déjà pris assez de poisson pour lui durer jusqu'à la fin de ses jours, et que s'il retourne à la pêche cette fois-ci, ça sera tout simplement une fois de trop. Bonsoir !

Bert remit soigneusement le téléphone sur la table, non sans redouter un nouvel éclat de la sonnerie avant qu'il ait eu le temps de s'éloigner. Il traversa la pièce et répéta à Jeff, à peu près mot pour mot, ce qu'avait dit Bob Watson. Jeff l'écoutait, son cerveau battant la campagne, sa lourde charpente appuyée contre le montant de la porte.

Personne ne dit rien de plusieurs minutes après que Bert eut fini. Jim Couch se tenait derrière Jeff, dans le vestibule, et attendait impatiemment que le sheriff prît une décision.

Jeff traîna sa massive personne à l'autre bout de la pièce et s'assit pesamment dans le grand fauteuil derrière le bureau. Jim le suivit à l'intérieur.

— Jim, dit le sheriff avec lenteur en considérant son adjoint sous le couvert de paupières baissées, Jim, c'est des trucs comme ça qui, après onze ans bien comptés, ont fait de moi une vieille paire de fesses ramollies.

Jim et Bert hochèrent tous deux la tête en gage de sympathie. Ils n'ignoraient pas qu'en ce moment précis, leur patron était au tournant le plus difficile de toute sa carrière politique. D'un côté, se trouvait une bande de citoyens du comté de Julie, tous électeurs dûment inscrits et qualifiés, qui s'emploieraient de leur mieux à le déboulonner de son poste s'il tentait de s'opposer au lynchage de Sonny Clark. De l'autre, il y avait un petit groupe d'hommes et de femmes influents — et parmi eux Bob Watson — qui useraient de tous les moyens en leur pouvoir pour le ruiner politiquement s'il ne donnait pas quelque preuve tangible de son désir d'arrêter le lynchage.

— Une supposition que ça soit arrivé n'importe où ailleurs dans le voisinage, dit Jeff d'un ton désabusé, ce ne serait pas tellement grave. Je me demande pourquoi il a fallu que ce satané nègre soit un des journaliers de Bob Watson. C'est du guignon pur et simple.

Bob Watson était le plus grand propriétaire foncier du comté de Julie. Il y possédait à lui seul près de la moitié des terres arables et la quasi-totalité des terres forestières. Lui-même, avec sa main-d'œuvre journalière, il cultivait environ quinze cents arpents de coton. Quinze cents arpents supplémentaires étaient loués à des fermiers, des métayers et des tenanciers.

Cependant, Corra était descendue et se tenait à l'entrée du bureau. Rien qu'à voir la mine de son mari, elle se douta d'emblée que quelque contretemps était survenu pour le décourager.

Bert vint la trouver près de la porte et lui chuchota à l'oreille ce qui s'était dit au téléphone.

— Ça y est, Corra, je suis nettoyé, dit Jeff de l'air d'un homme qui a perdu la partie.

— Tout ça, c'est des blagues, répliqua Corra. Bob Watson n'est rien qu'un bluffeur et un sac à paroles. Tu n'es quand même pas assez bête pour faire attention à ce qu'il raconte. Grouille-toi de ce fauteuil et va-t'en à Lord's Creek comme je t'ai dit il y a près d'une heure. Allons ! debout, Jeff, et plus vite que ça !

Jim Couch alla attendre sur la véranda. Bert se disposa à aider Jeff dans ses préparatifs de départ.

— Peut-être bien que tu as raison, Corra, dit le sheriff, reprenant courage. C'est de rester là, à me monter le bourrichon avec ces fichues histoires, qui est cause de tout le mal. Bert, où est donc cette canne à pêche ? Amenez-moi ce qu'il me faut. Je n'ai plus de temps à perdre.

Il se leva et s'avança pesamment vers la porte. Sa femme le suivit, en lui tapotant le bras, jusqu'à ce qu'il eût atteint la véranda. Se jetant résolument en avant, il traversa la véranda, descendit les marches et hâta le pas vers sa voiture qui stationnait sur la chaussée. Arrivé sur le trottoir, il fit demi-tour pour échanger un dernier regard avec Corra, mais elle avait disparu.

Jim l'avait accompagné, le long de l'allée de briques, jusqu'à l'automobile.

— Sheriff Jeff, commença-t-il d'un air embarrassé, puisque vous comptez vous absenter pendant trois ou quatre jours, je me suis dit que je ferais pas mal de vous rappeler Mrs. Narcissa Calhoun.

— Et pourquoi ças ?

— Peut-être bien que vous avez oublié cette particulière. C'est rapport à la pétition qu'elle fait circuler depuis deux ou trois mois. Ça ne va pas faire du joli, avec une histoire de nègres tombant par là-dessus.

Jeff eut un fléchissement des épaules.

— Vous avez raison, dit-il, les yeux baissés à terre. Ça m'était complètement sorti de la cervelle.

La lumière s'éteignit dans la chambre à coucher. Corra s'était remise au lit, le pensant parti pour Lord's Creek. Il resta un moment à regarder les fenêtres obscures, s'efforçant de réfléchir.

— Si elle réussit à faire signer cette pétition par une majorité de votants, du coup que ça pourrait bien régler l'élection une fois pour toutes.

A cette suggestion de Jim, Jeff approuva de la tête, le regard toujours fixé au sol.

Mrs. Narcissa Calhoun était une femme seule, âgée de quarante-huit ans environ, qui gagnait sa vie à vendre des Bibles et des ouvrages de piété. Tout au long du printemps et de l'été passés, elle s'était cramponnée à Jeff pour lui faire acheter un de ses livres, et, en fin de compte, il lui avait pris une brochure dans l'espoir qu'elle le laisserait tranquille par la suite. Il ne l'avait plus revue jusqu'au beau matin, cela faisait bien trois semaines, où elle était entrée dans son bureau avec, sous le bras, une grosse liasse de documents. C'est alors qu'il avait découvert qu'elle parcourait le comté, se rendant de porte en porte pour faire signer une pétition dont l'objet était de renvoyer tous les nègres en Afrique. Elle avait écrit une lettre au sénateur Ashley Dukes. Les nègres, l'assurait-elle, achetaient des Bibles du Jésus noir que leur expédiait par la poste une firme de Chicago, et il serait aussi choqué et scandalisé qu'elle-même de voir des images du Christ à la ressemblance d'un nègre. A l'entendre, des mesures immédiates devaient être prises pour arrêter la circulation des Bibles du Jésus noir à l'intérieur du pays. Le sénateur Ashley Dukes, dans sa réponse, s'était enquis de ce qu'elle entendait faire. Narcissa lui signifia son intention de mettre sur pied une pétition, avec des millions et des millions de signatures, qui priât le Président des Etats-Unis de renvoyer tous les nègres sur cette terre d'Afrique d'où ils étaient venus. Le sénateur Ashley Dukes lui avait écrit une seconde fois, l'informant que, si elle décidait tous les électeurs de l'état de Georgie à signer sa pétition, il agirait en conséquence. Dès lors, Narcissa s'était mise en campagne pour solliciter le paraphe de toutes les personnes de race blanche et âgées de plus de vingt et un ans. La première chose que lui dit Jeff, c'est qu'en raison de sa situation politique, il ne pourrait pas inscrire son nom au bas de ce document. Mais elle s'était accrochée avec une telle opiniâtreté, qu'il avait fini par promettre de lui signer son papelard si, au préalable, elle réussissait à obtenir la signature de tous les autres habitants du comté.

— Cette pétition change la tournure des choses, fit Jeff, perdu dans ses réflexions.

— Qu'est-ce que vous comptez faire, sheriff Jeff? lui demanda Jim.

— Y a des fois, dit Jeff d'un air abattu, où je voudrais n'être qu'un vieux cul pelé de mendiant sans autre souci au monde que de me procurer un brin de pitance de temps en temps. D'être sheriff, Jim, c'est pas le filon que les gens imaginent. Ça me met la cervelle en capilotade d'un bout à l'autre de la journée. Je ne peux même pas arriver à me rappeler quand j'ai eu une minute de paix véritable. Y a toujours quelque chose pour venir torturer le type qui fait de la politique. A peine êtes-vous sorti d'une élection, que c'est l'heure de faire une pirouette et de vous inquiéter des résultats de la suivante. Les électeurs sont de drôles de corps. J'ai vu des candidats qui étaient en tête finir à la queue pour un petit truc de rien du tout comme de ne pas porter une paire de bretelles. Dites-moi s'il y a pas là de quoi vous décourager un homme !

Il s'assit sur le bord du trottoir et se prit le front dans la paume de ses mains. Jim restait debout auprès de lui, à hocher la tête.

— Si seulement, poursuivit Jeff, il y avait moyen de savoir de quel côté le vent va tourner, je n'en serais pas à m'accroupetonner dans le noir comme un pourceau qu'on a cousu dans un sac. Mais une supposition que cette pétition de la mère Calhoun réussisse à prendre, quel ballot je ferais si je ne me joignais pas à la cavalcade ! Une histoire de nègres, à l'heure qu'il est, il n'en faut peut-être pas davantage pour mettre en train une combine de ce genre. Possible que les gens commencent à jouer des coudes pour arriver bons premiers à la signature et faire étalage de leur mauvaise humeur. J'aurais l'air d'un fameux idiot si je m'arrangeais pour être laissé en plan.

Il leva les yeux vers Jim et parut presque convaincu par son argument.

— Si une grosse légume comme le sénateur Ashley Dukes le fait à la prudence, ça prouve qu'un sheriff, lui aussi, serait bien avisé de veiller à son avenir.

Il observait la physionomie de Jim.

— Jim, quelque chose me dit que j'ai raison.

— Oui, opina Jim, ça semble raisonnable... sauf qu'ici, vous êtes pris entre deux feux. Le sénateur Ashley Dukes, là où il est, ne court guère le risque de se brûler le bout des doigts. Mais impossible de savoir si cette pétition contre les nègres, c'est pas un pétard bon à ruiner tous ceux qui exercent des fonctions politiques dans le comté.

Jeff se redressa et mit la main sur la portière de sa voiture. Il jeta un coup d'œil derrière lui, vers les fenêtres au premier étage de la prison, pour voir si Corra s'était levée de nouveau. Les fenêtres restaient obscures et silencieuses.

— Ma femme est de bon conseil, même si elle dégote pas particulièrement, prononça le sheriff en secouant la tête de côté et d'autre. Ma femme m'a dit d'aller à la pêche, et, ma foi, c'est là ce que je vais faire, juste comme elle a dit. Je me trouverai autrement peinard, assis là-bas sur un tronc d'arbre en travers de Lord's Creek, que je ne serais ici à m'esquinter le cul, histoire de chercher quelque chose dont personne, à y bien songer, ne connaîtra un traître mot avant que le tintamarre soit fini.

Jim le regarda monter dans son automobile et comprimer son ventre sous le volant. Jim était déçu. Il s'était flatté d'inciter le sheriff à changer d'avis, espérant de la sorte qu'ils pourraient se lancer sur les traces du nègre. Les deux joies de son existence étaient de chasser l'opossum entre minuit et le point du jour, et de dépister des nègres en fuite toutes les fois que l'occasion s'en présentait.

Bert sortit précipitamment de la prison.

— Sheriff Jeff, dit-il avec agitation, il arrive un nouveau coup de téléphone. Je n'ai pas encore répondu, dans l'idée que, si vous n'étiez pas déjà parti, vous aimeriez sans doute savoir ce que c'est. Que désirez-vous que je fasse ?

— Allez répondre, répliqua prestement le sheriff. C'est votre métier de prendre les coups de téléphone. Et de ne faire aucune promesse.

— Oui, monsieur, dit Bert en faisant demi-tour.

Bert avait atteint la porte grillagée lorsque Jeff le rappela. Il revint sur ses pas jusqu'aux marches de la véranda.

— Je vais écouter la conversation, mais c'est tout ce que je veux faire, déclara le sheriff, se glissant hors de la voiture aussi vite que ses moyens le lui permettaient. Attendez-moi, Bert.

Jim l'aida à décomprimer son ventre de sous le volant, après quoi il put se débrouiller tout seul. Tous trois rentrèrent dans le bureau.

Ils s'assemblèrent autour du téléphone. Bert souleva l'appareil.

— Allô ! fit Bert. Allô !

— Vaudra mieux que ça soit pas Bob Watson encore une fois, gronda le sheriff en jetant sur l'instrument un œil soupçonneux. Ce coup-ci, je serais fichu de perdre patience et de lui dire deux mots de ma façon.

— Allô ! continuait Bert.

— Allô ! lui répondit une voix. Ici, Avery Dennis.

La voix arrivait aiguë et stridente d'émotion.

— Ici, Avery Dennis, à Flowery Branch. Je viens vous signaler qu'il y a du grabuge dans le voisinage. J'ai par ici, dans mon champ de maïs, une bande d'individus qui me piétinent ma récolte. Ils font partie de la troupe qui poursuit ce nègre, Sonny Clark. Je me fiche de Sonny Clark comme de l'an quarante, mais ces cocos-là sont en train de me ruiner mon champ. J'ai travaillé comme pas un à mon maïs, tout le temps que j'avais de libre cette année, et je vais pas me croiser les bras pendant qu'on me le met en bouillie.

— Que souhaitez-vous que nous y fassions ? demanda Bert, tournant la tête et surveillant le visage de Jeff.

Jeff donna du menton un assentiment provisoire. Il doutait quelque peu d'approuver la question, mais il n'était plus temps de se rattraper.

— Dites au sheriff Mc Curtain de rappliquer tout de suite et de faire décamper ces individus de mon champ de maïs. Il se fait payer par le comté pour protéger les propriétés, et j'entends qu'il protège la mienne avant qu'il soit trop tard. Avec tout ça, y a pas un seul nègre à moins d'un mille à la ronde. Si ces gaillards-là sont pas débusqués de mon champ, je m'en vais prendre ma carabine et faire quelque pétard pour mon propre compte. J'ai pas d'objections à ce que les gens pourchassent les nègres s'ils font attention, mais quand ils piétinent mon maïs, font passer leurs automobiles pardessus et conduisent des mules au travers, alors, c'est bien simple : j'accepte pas de responsabilité pour ce qui peut leur arriver. Dites au sheriff Mc Curtain que j'ai dit tout ça.

— Je ne ferais rien de risqué si j'étais à votre place, Mr. Dennis, lui conseilla Bert. Ça ne vous avancerait pas de vous mettre vous-même dans de mauvais draps.

Jeff avait l'air inquiet. Il se penchait en avant pour tâcher d'entendre ce qui se disait.

— Alors, que le sheriff Mc Curtain s'amène et mette ces gens-là dehors, reprit Avery Dennis. C'est pour ça qu'on l'a élu au poste qu'il occupe, et il touche un joli traitement le premier de chaque mois pour faire ce métier-là. Dites-lui que j'ai dit comme ça.

— Je vais voir ce qu'on peut faire, conclut Bert en raccrochant.

— Qui était-ce ? demanda Jeff, ses yeux sautant du téléphone à la figure de Bert.

— Avery Dennis, lui répondit Bert. Il dit qu'il y a, sur sa propriété, une bande d'individus qui piétinent sa récolte de maïs. Il veut que vous alliez là-bas et que vous les chassiez de son champ.

Jeff s'assit avec soulagement. Un léger sourire se répandit sur son visage.

— J'aurais juré, dit-il, que c'était quelque autre sacré imbécile qui voulait me voir attraper ce nègre avant qu'il se fasse lyncher. Mais c'est pas du tout le genre de tuile que j'avais imaginé.

Bert et Jim attendaient des ordres, se demandant si Jeff allait les envoyer à la ferme d'Avery Dennis au lieu de s'y rendre lui-même.

Brusquement, Jeff se redressa dans son fauteuil, balayant les papiers qui jonchaient son bureau.

— Avery Dennis est plutôt culotté de m'appeler au téléphone à cette heure de la nuit ! Regardez-moi donc l'heure qu'il est ! Sacré tonnerre ! j'aurais pu être en train de roupiller dans mon lit ! Sans compter qu'Avery Dennis est un facteur de campagne. Aucun employé du gouvernement n'a le droit d'empoisonner des hommes politiques qui doivent à tout bout de champ se porter candidats aux élections. Ce sont précisément les zigotos de son espèce qui fourrent toujours leur nez dans la politique. Je ramasse assez d'embêtements comme ça sans aller écouter les plaintes d'un vieux cul pelé de facteur à la solde du gouvernement. Ça fait quelques belles lunes que j'ai perdu toute considération pour les gens de cet acabit !

Il s'arracha à son fauteuil et se mit debout. Son apparence était plus massive que jamais quand il se tenait ainsi à côté de son petit bureau.

— Bert, allez me chercher cette canne à pêche, comme je vous ai dit ! lança-t-il, la voix bourrue, tout en faisant gémir le plancher sous ses pas.

— Oui, monsieur. Oui, sheriff Jeff, dit Bert avec un sursaut. Je l'ai appuyée contre le mur de la véranda.

III

Cependant que, pour la deuxième fois cette nuit-là, le sheriff Jeff Mc Curtain montait dans sa voiture afin de se rendre à Lord's Creek, Sonny Clark se glissait hors de la sombre pinède qui couvrait en son entier la pente méridionale d'Ernshaw Ridge. Ernshaw Ridge était un long éperon d'argile rouge qui, tel le renflement d'une artère, saillait des lieux bas et mamelons sablonneux du comté de Julie. L'éperon commençait quelque part vers l'ouest dans le comté voisin, s'infléchissait à travers la partie nord du comté de Julie et disparaissait en direction du sud-est dans le comté de Smith. Au pied d'Ernshaw Ridge, Flowery Branch — le Ruisseau Fleuri — s'en allait paresseusement, parmi les terres basses, rejoindre plus au sud la rivière Oconee.

Sonny avait pataugé dans le ruisseau, pendant près d'un mille et demi, au début de la soirée ; puis, ayant gagné les bois, il s'était couché à terre, tremblant de tous ses membres, derrière le tronc affaissé d'un arbre mort. Il était resté là environ deux heures. Hormis les deux ou trois fois où il était allé à Andrewjones, jamais auparavant il ne s'était aventuré aussi loin de chez lui. Souvent, il s'était demandé ce qu'il y avait de l'autre côté d'Ernshaw Ridge, mais, pour autant qu'il pût savoir, c'était là-bas le bout du monde.

Anxieux et le dos courbé, il traversait la rude broussaille qui formait la lisière des bois. Lorsqu'il eut atteint l'éclaircie d'un espace défriché, il s'arrêta et tendit un moment l'oreille. Un chien aboyait quelque part au fond des plaines, mais rien d'autre ne se faisait entendre dans la nuit. Il se redressa, jeta un coup d'œil à la ronde, puis se dirigea prudemment, à travers champs, du côté de la plantation. Il ne connaissait pas d'autre endroit où aller.

Il avançait ainsi, en rase campagne, avec une hâte spasmodique, s'immobilisant brusquement quand il croyait entendre des bruits, reprenant sa marche précipitée quand la peur avait cessé. D'instinct, il savait quelle direction prendre pour gagner les dépendances où vivaient les familles nègres de la plantation. Il enjamba une haie et trotta allègrement dans un sillon de terre labourée. Chaque pas qui le rapprochait de chez lui l'emplissait de plus de bonheur qu'il n'en avait jamais ressenti par le passé.

Sonny était un garçon de dix-huit ans qui habitait avec sa grand-mère, Mammy Taliaferro, le village nègre de la plantation de Bob Watson. Il travaillait comme journalier et se faisait assez d'argent pour subvenir à ses besoins et à ceux de sa grand-mère. Ses parents avaient trouvé la mort, quelque dix ans auparavant, le jour qu'un camion chargé de bois, ayant dérapé à la descente d'Ernshaw Ridge, s'en était venu écraser la carriole qui les transportait.

Les cases du village surgirent soudain en face de lui. L'éclat nocturne des étoiles donnait aux cultures, et jusqu'aux habitations elles-mêmes, le même aspect familier qu'elles avaient pendant le jour. L'espace de dix minutes ou d'un quart d'heure, il demeura accroupi dans un fossé derrière la première case, car il voulait être sûr de ne courir aucun danger s'il se risquait à découvert si près des habitations.

Pas la moindre trace de mouvement à l'entour des cases et pas une lumière dans aucune d'elles. Il se sentit de nouveau aussi seul, aussi effrayé qu'il l'avait été dans les bois.

Au bout d'un moment, il se mit à ramper sur les mains et les genoux jusqu'au mur de derrière de la case la plus proche. Quittant sa position agenouillée, il vint appliquer son œil contre une fente de la porte.

A la rose flamme vacillante de grosses bûches de pin, il pouvait voir Henry Bagley et sa femme, Vi, qui se pelotonnaient près du foyer de la grande salle. Henry était depuis toujours l'ami de Sonny, et celui-ci n'avait cessé de songer à Henry durant tout le temps qu'il se cachait dans les bois d'Ernshaw Ridge. C'est qu'en effet, il avait grand-peur de rentrer chez lui. Il se doutait combien il lui serait difficile d'essayer d'expliquer à Mammy ce qui s'était passé et, d'ailleurs, il redoutait que des hommes blancs ne fussent à l'attendre pour se saisir de lui dès qu'il montrerait le bout du nez.

Sonny restait là, le cœur palpitant, l'œil fixé sur la faible lueur qui émanait de l'âtre. Plusieurs minutes s'écoulèrent avant qu'il pût trouver assez de courage pour appeler Henry. Alors, il colla ses lèvres à la fente et susurra le nom de son ami.

Henry ne bougea pas d'une ligne. Seuls ses yeux se coulèrent vers la porte.

— Qui est là ? appela-t-il à voix basse, perclus de surprise et de peur.

Vi se pencha en avant et, avec une extrême économie

de gestes, jeta dans le feu une nouvelle bûche de pin. La pièce s'éclaira.

— Henry, c'est moi, murmura Sonny. C'est Sonny.

— Qu'est-ce qui te prend, mon garçon, de me faire perdre la boule en venant chuchoter comme ça ? T'as donc pas pour deux sous de bon sens ?

— J'avais pas à l'idée de vous effrayer, Henry, répondit Sonny.

Henry et Vi se consultèrent du regard, puis firent chacun un signe de tête. Vi se retourna pour voir si le verrou était mis à la porte de devant, tandis qu'Henri se levait et gagnait à pas prudents la porte de derrière. Il mit son oreille contre le panneau, tâchant de discerner les bruits qui pouvaient venir du dehors.

— Venez par ici, Henry.

— Qu'est-ce que tu veux ?

— J'ai quelque chose à vous dire.

Henry et Vi entrouvrirent la porte de quelques centimètres et jetèrent un coup d'œil dans la cour. Tous deux virent Sonny qui se recroquevillait par terre dans l'angle formé par le pas de porte et le mur de la maison.

Henry ouvrit un peu davantage et descendit aux côtés de Sonny.

— T'as quelque chose, mon fils ? demanda-t-il.

— Henry, y m'est arrivé une histoire, dit Sonny, avançant la main et saisissant avidement le bras de son ami. Y m'est arrivé une vilaine histoire.

— Mon garçon, des histoires, c'est pas ça qui me manque à moi non plus, dit Henry.

— Mais, Henry, c'est la plus vilaine histoire de toute ma vie. C'est pas tout bonnement une histoire comme les autres.

— Qu'est-ce que t'as donc manigancé ?

— C'est pas précisément que j'aie rien manigancé moi-même, répliqua Sonny. Comme qui dirait, c'est l'histoire qu'est venue toute seule et m'a mis le grappin dessus.

— Quoi c'est que t'as fait ?

— J'avais pas idée de le faire, se défendit Sonny. Je marchais tout tranquillement le long de la grande route, ce soir au coucher du soleil, et je m'occupais de mes petites affaires gros comme le bras quand, tout d'un coup, quelque chose est arrivé.

— Qu'est-ce que c'est qui est arrivé ?

La voix d'Henry se faisait pressante, et il saisit la main de Sonny qui se crispait sur son bras.

— Allons ! mon garçon, raconte-moi ça ! Qu'est-ce que c'est qui est arrivé sur la grande route ?

— Vous connaissez Mr. Shep Barlow, ce blanc qu'est un des tenanciers de Mr. Bob, de l'autre côté de Flowery Branch ?

— Parbleu que je le connais ! fit Henry avec un mouvement de tête. Pour le connaître, je le connais. Eh bien ! quoi c'est qu'il t'a fait ?

— Mr. Shep lui-même, il m'a rien fait du tout, répondit vivement Sonny. C'est sa fille. Miss Katy.

Vi s'évapora comme une ombre à l'intérieur de la case et referma sans bruit la porte derrière elle. Elle resta de l'autre côté de la porte, lançant à Henry des appels chuchotés, s'efforçant de l'arracher à Sonny et de l'attirer là où elle se trouvait.

Il y eut un long silence. Henry ne quittait pas des yeux le visage que levait vers lui le jeune nègre accroupi. Sur la figure de Sonny perlaient aux étoiles de véritables rigoles de sueur.

— Alors, quoi, mon garçon ? demanda Henry.

Sonny l'étreignit des deux mains.

— Miss Katy, tout d'un coup elle est sortie des buissons, elle m'a empoigné et elle a pas voulu me lâcher, expliqua-t-il en tremblant encore au souvenir de ce qui s'était passé. Miss Katy, y avait pas moyen de la faire lâcher, et elle répétait tout le temps : « Je le dirai à personne... Je le dirai à personne... Je le dirai à personne », c'est comme ça qu'elle disait. J'y ai répondu que c'était pas la place d'un garçon de couleur de demeurer là sur la grande route pendant qu'elle était à côté, mais elle faisait attention à rien de ce que je disais. Je sais pas ce qui lui a pris de se comporter comme elle faisait. Elle faisait que répéter tout le temps : « Je le dirai à personne... Je le dirai à personne... »

Henry tenta de se dégager de l'étreinte de Sonny.

— Ben vrai, mon garçon, pour sûr que t'es allé te chercher la plus miséreuse des misères quand tu t'es fourré dans cet embarras ! Pourquoi que tu les as pas mis, pour lui échapper à cette fille ? Pourquoi que t'as pas fait comme si t'avais un peu de jugeote et pris tes jambes à ton cou ? Tu devrais être assez malin pour savoir qu'il fait pas bon rester là à écouter une fille blanche qui essaie de vous mettre dans l'embarras. Où c'est-y donc que t'as la tête ?

Sonny serra plus fort encore le bras d'Henry.

— Et c'est pas tout non plus, dit-il d'une voix qui se brisait et s'étranglait dans sa gorge.

— Jésus mon Dieu ! C'est pas tout ? Et qu'est-ce que tu veux dire par là ? Tu viendras tout de même pas me raconter que t'as pas un seul grain de plomb dans la cervelle !

— Pendant que j'étais là sur la grande route à me débattre pour la faire lâcher, voilà que s'amène une automobile pleine de Mrs. Narcissa Calhoun, cette femme blanche, et du pasteur Felts. Ils ont sauté dehors et m'ont cloué là où j'étais. Je leur ai dit que j'essayais de me dépêtrer de Miss Katy, mais ils ont pas voulu faire attention. Cet homme blanc, il a sorti un couteau, et j'ai bien cru que ma dernière heure était venue. Il m'a jeté par terre et...

— Comme ça, mon garçon, marmotta Henry, le saisissant par l'épaule et le secouant avec rudesse, premièrement tu vas te créer une histoire avec une fille blanche...

— Non, Henry, je suis pas allé me créer une histoire ! Miss Katy est celle qu'a tout fait, vu que...

— C'est du pareil au même. Tu vas te créer une histoire, et puis tu te fais prendre par Mrs. Narcissa Calhoun. Mais t'as donc pas des oreilles pour entendre ? Cette femme blanche, elle se promène par tout le pays pour faire signer un papier comme quoi faut envoyer tous les gens de couleur en Afrique ou dans quelque coin comme ça. Là-dessus, tu vas te faire pincer par elle juste à l'endroit où tu te tiens avec cette fille blanche...

Sonny tirait sur Henry, s'accrochant à lui de toutes ses forces.

— Henry, dit-il d'une voix fervente, j'ai rien eu à faire avec tout ça. Je le jure devant le Bon Dieu ! C'est cette Miss Katy qu'est la cause de tout...

— Comment ça se fait-il que te voilà vautré par terre derrière chez moi si Mrs. Narcissa et le pasteur Felts t'ont pris comme tu dis qu'ils ont fait ?

— Ils m'ont laissé partir.

— Ils t'ont laissé partir ? balbutia Henry, stupéfait. Et d'où vient qu'ils ont fait ça ?

— Mrs. Narcissa a dit de me laisser partir si je voulais, parce que j'irais pas bien loin quand même.

Henry le considéra pendant un long temps.

— Ben, mon garçon, dit-il enfin en dodelinant de la tête, pour sûr que t'es allé te fourrer dans un pétrin pas ordinaire !

— Henry, qu'est-ce qui me reste à faire maintenant ? implora Sonny en se rapprochant davantage.

— Ça serait une bonne idée que tu files d'ici, et presto encore...

— Mais tout ça, c'est rien de ma faute ! protesta Sonny.

Il se mit à sangloter.

— Je marchais sur la route, attendu que je revenais souper à la maison après avoir travaillé toute la journée à arracher des herbes dans le champ de maïs de Mr. Bob. Et Miss Katy, elle est sortie de dans le fourré pour me courir après. Jamais je l'ai touchée le plus petit brin. Tout le toucher qu'il y a eu, c'est elle qui l'a fait, Henry, de sa personne.

— Pour les gens blancs, c'est du pareil au même : suffit qu'il y ait eu du toucher, prononça Henry d'un air sombre. Ils vont pas s'arrêter à figurer les choses comme toi et moi. Ils vont s'abouler avec quelque combine bien tassée, et puis ils figureront ensuite. Non, mais tu te rends pas compte que Mrs. Narcissa s'en est allée tout de go débiter aux hommes, et au sheriff bien sûr aussi, ce qu'elle t'a pincé en train de faire ? Les blancs sont pas des gens à attraper un nègre avec une fille blanche et puis à se croiser les bras par là-dessus. Cette Mrs. Narcissa, elle veut son registre plein de noms pour en faire à sa tête et envoyer les gens de couleur en Afrique comme elle dit. Tout le reste, c'est zéro pour cette femme blanche. Je sais de quoi je cause, mon fils.

Sonny, tout frissonnant, demeurait accroupi par

terre et se retenait à la main d'Henry comme s'il eût craint de couler à pic.

— Mais Henry, suffoqua-t-il, puisque je vous dis que j'y ai rien fait, à cette fille blanche !

Au même moment, il s'était mis sur les genoux, toujours accroché à Henry. Henry avait commencé de tirer en arrière pour libérer sa main de l'étreinte de Sonny.

— De toute ma vie, j'ai jamais touché une fille blanche, même que l'idée m'est jamais venue de le faire. C'est seulement que Miss Katy est sortie et qu'elle m'a empoigné comme ça, de sa propre personne. Elle a dû rester cachée dans le fourré je sais pas combien de temps, à attendre de sortir de la manière qu'elle a fait.

Henry s'efforçait de plus belle de lui faire lâcher prise. Il s'arrangea pour reculer contre la porte, bien que Sonny lui enserrât les genoux.

— C'est tout du pareil au même, ce que tu dis que t'as fait ou que t'as pas fait, insista Henry avec le calme du désespoir. Parce que, de toute façon, à partir de maintenant, y aura que les gens blancs à dire ce qu'ils ont envie de dire et à faire ce qu'ils ont envie de faire. C'est pas maintenant qu'ils vont s'amuser à écouter quelqu'un qu'a du cirage sur la figure.

— Je sais pas quoi faire, dit Sonny complètement à bout.

— Tu sais pas quoi faire ? Je vais te le dire, moi. Tu vas détaler d'ici aussi vite que tes jambes voudront te porter. Voilà ce qu'il faut faire. Et puis, quand tu seras arrivé là où tu croyais aller, continue d'en mettre. Fiche carrément le camp de ce pays-ci. Va-t'en droit vers le nord, et t'avise pas non plus de t'arrêter à flâner en route jusqu'à ce que t'y sois arrivé. Tous ces parages-ci autour d'Andrewjones, ça vaut plus rien pour un noir qu'on a pris à faire des blagues avec une fille blanche.

— Qu'est-ce que vous voulez dire, Henry? gémit Sonny en jetant un regard apeuré par-dessus son épaule. Là-bas, de l'autre côté d'Ernshaw Ridge?

— Oh! la la, mon garçon, c'est même pas le commencement de ce que je veux dire. Je veux dire, si loin de l'autre côté d'Ernshaw Ridge, que tu puisses jamais plus te retourner pour le voir.

— Mais moi, je veux rester ici, pleurnicha Sonny, à travailler le coton et le maïs pour Mr. Bob. J'ai pas envie d'aller nulle part au bout du monde. S'ils demandaient à Miss Katy, elle le leur dirait, qu'y a pas de ma faute dans tout ça...

— Chut! murmura Henry.

Un brusque craquement s'était fait entendre aux abords de la route, en face de l'habitation. On eût dit que quelqu'un venait de casser un bardeau de bois sec en travers de son genou. Presque aussitôt, plusieurs dogues se mirent à aboyer.

Sonny se roulait en boule au coin de la marche d'escalier. Henry arracha sa main à l'étreinte frénétique du jeune garçon.

— Qu'est-ce que c'est que ça? demanda Sonny, la voix frémissante.

Henry recula plus près encore de la porte, tâtant derrière lui pour trouver le loquet.

En guise de réponse, il secoua la tête pour inviter Sonny à se taire. Puis il se baissa et lui effleura les cheveux.

— Allons! mon fils, tire-toi de là, le pressa-t-il dans un rauque murmure. C'est pas l'heure de lambiner derrière chez moi. Personne est capable de dire quand les hommes blancs vont commencer de fourmiller tout alentour pour te mettre la main dessus. Peut-être bien qu'à cette minute, ils sont là dans le noir à ramper vers nous.

Sonny jeta ses deux bras autour des jambes d'Henry. Celui-ci essaya vainement de se dégager.

— Henry, je veux pas m'en aller de par ici, dit Sonny, la voix plaintive comme celle d'un enfant perdu dans les ténèbres, les yeux rivés sur la face luisante d'Henri. Je veux rester là où est Mammy.

— Ah ! ferme ça et laisse Mammy tranquille... C'est pas le moment de parler de Mammy. T'as laissé une gourgandine de fille blanche te mettre dans un mauvais cas, et maintenant, c'est à toi de t'en dépêtrer tout seul. Autrement, sûr comme si ça y était, tu vas nous créer, à moi et à Mammy tous les deux, des histoires à n'en plus finir. Les gens blancs, à cette heure, iraient pas supporter qu'on fourre le nez dans leurs affaires, même si c'était Mammy. Allons ! va-t'en de là comme c'est que je t'ai dit.

Sonny ne l'en étreignit que davantage.

— Henry, voulez-vous dire pour moi, à Mammy, que j'ai rien fait du tout ? Dites-lui, à Mammy, qu'y a pas eu un brin de ma faute. Dites-lui que c'est Miss Katy qu'est sortie de dans le fourré et qu'a pas voulu me lâcher. Vous lui direz ça, à Mammy, pas vrai, Henry ?

— Pour sûr, promit Henry qui grillait d'impatience et tâchait de repousser Sonny. Je le lui dirai, à Mammy, sitôt la première occasion. Mais, en attendant, ça sera pas l'heure de songer à autre chose qu'à se cacher de ces hommes blancs qui courent la campagne et à se tenir cois jusqu'à ce qu'ils aient fini ce qu'ils ont idée de faire. Et maintenant, file-moi d'ici comme c'est que je t'ai dit y a déjà un bon moment. Y me monte une frousse plus épouvantable à chaque minute que je dois rester là planté comme je suis.

Henry s'arracha aux bras de Sonny, et, d'un bond, rétrograda à travers le seuil. Il fit claquer la porte, puis la verrouilla solidement à l'intérieur, laissant Sonny accroché aux marches de l'escalier.

L'espace de quelques instants, Sonny demeura recroquevillé au même endroit, trop terrifié pour tourner fût-ce la tête et regarder dans son dos. La lune n'était toujours pas levée, mais l'éclat du firmament semblait s'être avivé depuis minuit. Quand, finalement, Sonny eut rassemblé assez de courage pour tourner la tête et jeter un coup d'œil derrière lui, les rangées de palissades qui s'entrecroisaient sur la vaste plaine lui apparurent aussi nettes qu'elles avaient fait, durant le jour, à la lumière du soleil. Non loin de là, à l'extrémité des champs, il entrevit les plaqueminiers qui se découpaient, comme des mains, sur l'écran du ciel. Il ferma étroitement les paupières et ne les rouvrit que pour contempler à nouveau la porte de la case d'Henry. Sa propre case, celle qu'il habitait avec Mammy, se laissait à peine deviner, tant les distances étaient grandes ; et il hésitait à quitter l'ombre de la bâtisse qui le protégeait.

Avec ses douze ou treize habitations, le hameau où vivaient les journaliers et tenanciers nègres de Bob Watson s'éparpillait des deux côtés du chemin sur un parcours d'un demi-mille. Et toujours pas la moindre lueur qui se montrât dans le village. Sonny, du plat de la main, frappa à la porte d'Henry, tout en appelant celui-ci par son nom. Point de réponse. Alors, il rampa sur les mains et les genoux jusqu'au coin de la case et se haussa juste assez pour coller son œil au niveau d'un interstice sous le volet hermétiquement clos de l'unique fenêtre.

Mais Vi avait déjà recouvert les bûches de pin d'une couche de cendres. Impossible de discerner le plus petit rayon de lumière dans la pièce.

— Henry ! murmura-t-il à travers la fente.

L'appel resta longtemps sans réponse, bien qu'il lui semblât ouïr Vi et Henry qui parlementaient à voix basse. Nul autre bruit ne se faisait entendre, sinon une espèce de flic-floc toutes les fois que Vi et Henry circulaient pieds nus sur le plancher. Ils avaient ôté leurs souliers pour ne pas faire de tapage.

— Henry ! murmura-t-il de nouveau, beaucoup plus fort qu'auparavant. Henry !

— Qu'est-ce qu'il y a encore, mon garçon ? répondit Henry, du fond de l'obscurité et sans élever la voix.

Le ton n'était pas malveillant, mais trahissait son désir que Sonny s'éloignât.

— Henry, je peux tout bonnement pas quitter le pays comme vous avez dit, argua Sonny de sa voix plaintive. Je sais pas nulle part ailleurs où aller. Je voudrais rester ici. J'ai rien fait de mal, Henry.

Il entendait Vi et Henry chuchoter à qui mieux mieux, mais n'arrivait à saisir aucune de leurs paroles. Il attendit, se retenant du bout des doigts au rebord de la fenêtre.

— Si tu veux pas aller au diable lanlaire comme je t'ai conseillé, lui souffla Henry à travers la fente, alors fais en sorte de filer quelque part le plus loin possible et de te cacher dans la forêt aussi bien que tu pourras. Mais reste pas là à lambiner plus longtemps, parce que les hommes blancs, à cette heure, y sont capables de s'abouler par ici d'une minute à l'autre. T'as assez de jugeote pour savoir qu'ils vont se mettre à tes trousses.

Va-t'en quelque part je sais pas où, trouve-toi une bonne cachette, et puis fais un trou et n'en bouge pas. Je viendrai te chercher quand le branle-bas sera terminé, s'il se termine jamais.

— Bien sûr que vous ferez ça, Henry ? Vous viendrez me chercher ?

— Est-ce que j'ai pas toujours fait comme j'avais promis ? lui remontra Henry. Pique droit au milieu de la forêt de pins, et aussi vite que tu pourras. Allons ! Allons ! mon garçon, mets-toi en route comme je t'ai dit.

Sa voix se faisait pressante.

— Entendu, Henry, déclara Sonny docilement. Je m'en vais tout comme vous m'avez dit.

Sonny lâcha le rebord de la fenêtre. Il se sentait beaucoup mieux depuis qu'Henry l'avait assuré qu'il n'aurait pas à quitter les approches de la plantation. Peu lui importait de se dissimuler à longueur de journées dans la forêt voisine s'il gardait la certitude de pouvoir revenir une fois le tumulte apaisé et de se remettre à travailler le coton pour le compte de Bob Watson.

Sur la pointe des pieds, il gagna le coin de l'habitation, puis s'immobilisa aux écoutes, la tête légèrement penchée sur une épaule. Les chiens avaient cessé d'aboyer et de hurler, et nul bruit alentour ne parvenait à ses oreilles. Quelques grillons qui grésillaient dans le voisinage n'étaient pas pour l'effrayer. Là, debout au coin de la case d'Henry, il éprouvait une impression de quiétude et de sécurité.

Tout à coup, il eut faim. L'idée lui revint qu'il n'avait pas soupé cette nuit-là. Jamais de la vie il n'avait eu aussi faim. S'il s'en allait dans les bois avec une faim pareille, et qu'il y dût rester plusieurs jours, peut-être toute une semaine, il ne doutait pas de mourir d'inanition. Tournant rapidement sur les talons, il fixa du regard l'obscure fenêtre aux volets clos. Il appela le nom d'Henry à plusieurs reprises, mais n'obtint pas de réponse. Pour son repas de midi, il se rappelait avoir eu tout juste quelques queues de navets froid. Les deux mains pressées sur son estomac, il essayait de calmer la douleur soudaine qui venait de l'y poindre.

Il s'efforça d'ouvrir le lourd volet de bois, mais celui-ci était verrouillé à l'intérieur. Alors, il colla sa bouche contre la seule fente qu'il pût trouver et appela longuement, d'abord le nom d'Henry, puis finalement celui de Vi. Il n'y eut pas de réponse.

Non sans avoir pris soin d'inspecter toutes les directions, Sonny se glissa jusqu'à la porte de devant et donna plusieurs tapes légères. Il n'y eut pas de réponse. Sur ce, il se mit à cogner plus fort.

Henry vint à la porte et s'enquit à voix basse :

— Qui est là ?

— Henry, c'est moi, dit Sonny avec un accent navré. C'est Sonny.

Il y eut un long entr'acte de silence.

— Pourquoi que tu t'en vas pas ton chemin comme je t'ai déjà dit ? fit Henry d'un air de mauvaise humeur. C'est pourtant pas trop tard encore, mon garçon, pour aller te cacher quelque part.

— Henry, j'ai faim.

Il y eut un autre intervalle de silence, puis Henry reprit la parole :

— C'est pas pour dire, mon garçon, mais t'es rudement crampon. Jamais de la vie j'ai rien vu de pareil. Tu t'accroches et tu t'accroches, ni plus ni moins qu'un veau nouveau-né au téton de la vieille vache. Mais t'as donc pas un grain de plomb dans la cervelle ? demanda-t-il avec impatience en élevant le ton.

— Henry, j'ai faim, répéta Sonny de sa voix contrite.

Henry et Vi chuchotaient derrière la porte.

— Je peux tout bonnement pas m'en aller dans c'te forêt avec une faim pareille. J'ai pas eu la plus petite bouchée à manger.

— T'auras pas à te préoccuper de manger, le prévint Henry, si tu traînes par ici et te laisses attraper par les blancs. Une fois morts, les gens ressentent plus jamais le besoin de manger.

Sonny entendit les pieds nus d'Henry dont le bruit mou s'éloignait vers la cuisine. Il comprit qu'en fin de compte, on le lesterait d'un peu de nourriture. Il s'accroupit très bas contre la porte, tournant la tête juste assez pour lui permettre de surveiller la route dans chaque sens. Toutes les cases, le long du chemin, étaient aussi noires que la nuit elle-même. La colonie entière semblait déserte. Sonny, toujours pelotonné contre la porte, se demandait si les habitants du village, outre Henry et Vi, étaient au courant de quelque chose. Il conclut qu'on devait connaître son histoire, car il ne pouvait s'expliquer autrement que, même après minuit, les cases restassent sans lumière aucune, et que les volets fussent rabattus sur les fenêtres par une chaude nuit d'été.

— Aboule ta main par la fente quand j'ouvrirai cette porte un tantinet, dit Henry en le faisant sursauter. Vi a rien pu trouver que quelques morceaux de pain de maïs, mais ça te tiendra pendant un moment. Maintenant, prends ce que je vais te donner, et puis retire ta main en vitesse, parce que je serai pas longtemps à refermer cette porte, verrou et tout ! Manquerait plus après ça que tu veuilles t'amener ici dedans et te coucher dans le lit ! Tu m'écoutes, mon garçon ?

— Oui, Henry, je vous écoute, répondit Sonny plein de reconnaissance.

Il plaça la main sur la porte et attendit que celle-ci s'entrebâillât. L'instant d'après, sa main s'insinuait par l'ouverture qu'Henry avait ménagée et il s'emparait du pain que l'autre lui fourrait d'urgence entre les doigts. Tout aussitôt, il commença d'y mordre à grosses bouchées.

— C'est pas que j'aie à l'idée de te rudoyer, mon fils, lui dit instamment Henry. Je tâche tout bonnement de te faire piquer vers le fin fond de la forêt qu'est à présent ton meilleur recours. Allons ! en route ! Tu m'écoutes, mon fils ?

— Oui, Henry, je m'en vais, promit Sonny. C'est tout juste que j'avais faim.

Il quitta la porte, enfournant le pain de maïs dans sa bouche et l'avalant à pénibles gorgées. Lorsqu'il se retrouva dans l'arrière-cour, il fit halte et tendit l'oreille, mais tout était silence. Il jeta un dernier coup d'œil du côté de la case où était Mammy, franchit la barrière à claire-voie qui clôturait l'habitation d'Henry et entreprit de couper à travers champs dans la direction d'Ernshaw Ridge.

En plein milieu du premier champ, un brusque souvenir lui revint : les lapins... Un plaqueminier se dressait à faible distance et il y courut tête baissée. Aplati de tout son corps contre le tronc de l'arbre, il s'imaginait presque voir les lapins à un demi-mille. Ils étaient dans une cabane adossée au poulailler de Mammy.

Sonny s'attardait sous l'arbre, saisi de la peur que

Mammy n'oubliât de nourrir les lapins en son absence. Elle pourrait bien les oublier si elle s'inquiétait de lui du matin au soir ; et, dans ce cas, ils demeureraient enfermés sans rien à manger pendant deux ou trois jours, qui sait ? pendant une semaine entière, pour peu qu'il dût rester caché tout ce temps-là. Plus il regardait dans la direction des lapins et plus il sentait croître son souci. Mammy était vieille et oubliait aisément. Cela lui faisait mal au cœur, de songer à ses lapins enfermés dans leur cabane et condamnés à mourir de faim.

Il prit la résolution d'obliquer à travers le champ pour gagner le poulailler par-derrière et nourrir les lapins. Il marcha posément jusqu'au fossé où poussait l'herbe haute. Il arracha de l'herbe à poignées et l'engouffra dans sa chemise. Quand il lui devint impossible d'en accumuler davantage, il longea en courant la palissade qui aboutissait derrière la case de Mammy. Désormais, le poulailler n'était plus qu'à quelques mètres. Sonny pouvait apercevoir les lapins, assis à la clarté des étoiles, qui enfonçaient leur nez frétillant dans le grillage du clapier. Ils se mirent à gambader comme de petits fous lorsqu'ils le virent emjamber la barrière et s'approcher d'eux.

Sonny bourra leurs loges d'herbe fraîche et passa la main à l'intérieur pour les caresser. Les deux femelles, sans bouger de place, se laissèrent rabattre les oreilles et flatter le poil. Le mâle se montra plus prudent. Il se retira dans un coin et resta là à mâcher de l'herbe, une oreille levée et l'autre reposant à plat sur son cou.

— Pour aimer manger, t'aimes manger, pas vrai, Jim Dandy ? musa Sonny, s'adressant au mâle et lui poussant une poignée d'herbes sous le nez. Tu tiens un homme affairé rien qu'à te nourrir et pas autre chose.

Il s'était abandonné si complètement au charme dont

l'enveloppaient ses lapins, qu'il bondit quand il se rappela ce qu'il avait à faire. Il contourna le poulailler pour jeter un coup d'œil sur l'habitation, mais la bâtisse n'était pas moins obscure que les autres. L'envie le prit d'entrer, de réveiller Mammy, de lui expliquer ce qui s'était passé ; mais il se souvint des paroles d'Henry, et, tristement, fit demi-tour.

Devant la cabane aux lapins, il s'arrêta et regarda de nouveau à l'intérieur, Jim Dandy et les femelles étaient si occupés à se gaver d'herbe fraîche, qu'ils n'avaient pas bougé de tout ce temps-là. On eût dit que le clapier regorgeait de lapins. Tous les petits, à leur tour s'étaient mis à manger de l'herbe. Ils cabriolaient en tous sens, grignotant un brin d'herbe, puis sautant un peu plus loin pour en grignoter un autre.

Sonny s'apprêtait à franchir la barrière quand, soudain, il revint sur ses pas et attrapa l'un des petits lapins. Le tenant solidement à deux mains, il enjamba la palissade et prit sa course à travers le champ.

Parvenu à une rigole où poussait un peu d'herbe, il fit halte pour en arracher plusieurs poignées qu'il fourra dans sa chemise. Après quoi, il mit le lapin avec l'herbe et boutonna sa chemise, soigneusement.

Il se reprit à courir à travers le champ, ne s'arrêtant que lorsqu'il eut atteint la barrière du côté opposé. Comme il se redressait après l'avoir franchie, il sentit le nez humide du lapin qui frottait contre sa peau nue. Le contact était frais et amical, et il n'éprouvait plus l'impression d'être seul. Il se hâta le long d'un sentier qui conduisait à Ernshaw Ridge, serrant les coudes au corps pour éviter que les mouvements de sa marche ne vinssent secouer et effrayer l'animal.

IV

Après avoir quitté Andrewjones, Jeff Mc Curtain roulait doucement sur la grand-route au fil de la plaine. Sa femme lui manquait déjà au-delà de tout ce qu'il se jugeait capable d'endurer pendant trois ou quatre jours. Certes, il trouverait quelque part, du côté de la rivière, un nègre pour lui cuire ses repas et lui tenir compagnie ; mais, même ainsi, il aurait le cafard à chaque minute de la journée. Rien au monde ne pouvait remplacer la cuisine de Corra, ni le réconfort de sa seule présence à la tombée de la nuit.

La route était droite et plate et il atteignit, beaucoup trop tôt à son gré, l'étroit chemin qui menait à Lord's Creek. Il ralentit pour donner à la plaine un dernier regard nostalgique avant de s'engager dans le fouillis marécageux qui, sur un parcours de deux ou trois milles, bordait le petit cours d'eau sur chacune de ses rives.

Les phares d'une autre automobile percèrent soudain l'obscurité et le prirent dans leur faisceau. La voiture le rejoignit par derrière et fit un arrêt brusque. Avant de pouvoir esquisser le moindre geste, il se trouva en présence de Jim Couch.

— Je suis heureux de vous avoir rattrapé à temps,

dit Jim à bout de souffle. Si vous aviez été à la rivière, je ne vous aurais pas découvert d'ici demain matin.

— Allons bon ! de quoi diable s'agit-il maintenant ? demanda le sheriff.

— C'est le juge Ben Allen, sheriff Jeff, répondit Jim avec précipitation. Il dit qu'il veut vous voir tout de suite.

— Mais sapristi ! s'écria Jeff, pourquoi ne lui avez-vous pas dit que j'étais déjà parti pour Lord's Creek ? Je parie que tout ce qu'il voulait savoir, c'est si j'étais informé de l'affaire et si j'avais rappliqué par ici. Hein ?

— Je lui ai dit que vous étiez parti, sheriff Jeff, l'assura Jim tout en étudiant sa physionomie. Mais il a répondu qu'il tenait à ce que vous rentriez en ville le plus vite possible et vous rendiez tout droit chez lui.

Les mains de Jeff lâchèrent le volant. Ses poignets se mirent incontinent à battre de faiblesse.

— Je ne sais pas, dit-il, quelle idée à la noix de coco le juge Ben Allen peut bien avoir derrière la tête. Ça lui ressemble guère de changer d'avis après tant d'années, et de pas vouloir que je descende à la rivière.

— Je ne comprends pas non plus, sheriff Jeff. Toujours est-il qu'il avait l'air plutôt sûr de lui quand il parlait au téléphone.

Jeff laissa errer son regard sur les champs de maïs qui s'étendaient à perte de vue dans la direction de l'est. De l'autre côté de la route fourmillait la végétation inextricable du marais. Tout semblait calme et paisible, là-bas, dans le voisinage de la rivière. La lune s'était levée, et sa fraîche lueur d'argent sur les buissons trempés de rosée lui remit en mémoire cette nuit, bien des années auparavant, où il avait abattu quelque sept milles à pied pour aller chez Corra lui faire sa première cour. Il se demanda quelle drôle de coïncidence lui rappelait cette nuit-là, et puis le désir le prit de pouvoir revenir au jour de leur mariage et recommencer sa vie. Pareille chose eût-elle été possible, il ne doutait pas de fuir la politique comme la peste.

— Je m'étais comme qui dirait promis quelques jours de paix et de tranquillité, là-bas, au bord de la rivière, observa-t-il mélancoliquement. En fait de vacances véritablement vraies, ce sont à peu près les seules que je puisse jamais me payer.

— Peut-être bien que tout ce que le juge Ben Allen veut vous dire se monte à quelques mots, suggéra Jim sur un ton de sympathie. Et puis que vous pourrez revenir ici tout de suite après.

Jeff le regarda, un espoir dans les yeux.

— C'est du domaine des choses possibles, hein, Jim ?

— Parbleu ! appuya Jim. Pas probable que le juge s'amuse à faire de grands changements. Y a loin encore d'ici les élections primaires*.

— Allons-y ! fit Jeff, parlant d'un air de décision.

Il mit son moteur en marche et entreprit de tourner l'auto dans l'autre sens. Quand la manœuvre fut terminée, il cria à Jim :

— Je vais me dépêcher de rentrer en ville pour voir le juge Ben Allen. Vous et Bert, veillez à ce que les choses soient en bon ordre à la prison.

Il démarra et mit aussitôt le pied sur l'accélérateur. Il laissait Jim planté sur la route.

* Les élections primaires se tiennent au sein des partis qui choisissent, parmi un certain nombre d'aspirants, les candidats destinés à les représenter aux élections générales (N. T.).

Dix-huit milles le séparaient d'Andrewjones, mais, au bout d'une demi-heure à peine, il remontait la Grand-Rue. Comme il traversait la place du Tribunal, le cadran de l'horloge indiquait tout juste deux heures et quelques minutes. De là, il se dirigea tout droit, par la rue des Erables, vers la demeure du juge Ben Allen. En chemin il passa le garage de nuit et aperçut trois ou quatre hommes empressés autour d'une voiture où l'on pompait de l'essence. Il augmenta sa vitesse afin de ne pas être reconnu. Il ne doutait pas que ces hommes ne fissent leurs préparatifs pour rejoindre la chasse du côté de Flowery Branch.

Quand il eut atteint l'allée en demi-lune sur laquelle s'ouvrait la maison du juge Ben Allen, il vira brusquement et s'en alla remiser son auto sous l'aile du bâtiment réservée à l'entrée des voitures. Il se coula dehors aussi vite qu'il put, ne prenant même pas le temps de fermer la portière.

Il gravit le perron, traversa la véranda et frappa à coups vigoureux sur le panneau de la porte.

Le juge Ben Allen avait siégé plus de vingt ans à la Cour de circuit * et pris sa retraite de magistrat à l'âge de soixante-cinq ans. Sa femme était morte depuis onze ans et il était seul au monde. S'il comptait de proches parents, nul n'en avait connaissance à Andrewjones, car jamais il ne soufflait mot à ce sujet. Les seuls visiteurs qu'il reçût chez lui étaient des politiciens. Invariablement, ils s'en allaient après avoir discuté l'affaire qui les avait amenés, aucun d'eux ne restant jamais pour bavarder de choses et d'autres. Le juge Ben Allen élevait des pigeons dans son arrière-cour. Sa

* Le circuit est une circonscription de territoire où les mêmes magistrats se rendent de ville en ville pour y juger des affaires de première instance (N. T.).

maison, la plus grande et la plus blanche d'Andrewjones, était un bâtiment à trois étages, de style colonial, orné d'épaisses colonnes rondes qui montaient du sol jusqu'au toit.

Le parti démocrate, dans le comté de Julie, se divisait en deux factions, et le juge Ben Allen avait pris la tête de la plus importante d'entre elles. Ses partisans n'avaient pas perdu une seule élection depuis qu'il présidait à leurs destinées, et la direction des affaires du comté appartenait aux politiciens assez heureux pour se maintenir en bons termes avec lui. Le nombre infime des électeurs républicains au sein du comté avait dès longtemps exclu toute possibilité qu'un républicain se portât candidat à une fonction quelconque. Les rares individus qui, en d'autres circonstances, eussent voté pour une liste républicaine étaient absorbés par l'une ou l'autre faction du parti démocrate.

Deux ou trois minutes s'écoulèrent avant que Wardlaw vînt ouvrir la porte. Wardlaw était le valet nègre du juge Ben Allen. On lui eût donné presque le double de l'âge de son maître, bien qu'il fût plus jeune de quelques années. Ses cheveux avaient la blancheur du coton et sa taille se courbait. Il marchait à pas feutrés et le corps plié en deux.

Jeff écarta Wardlaw d'un revers de main et pénétra dans le vestibule en envoyant claquer la porte derrière lui. Wardlaw battit en retraite. Ce n'était pas la première fois que le sheriff faisait chez le juge une entrée précipitée.

Le juge Ben Allen attendait Jeff dans sa bibliothèque. Il était en chemise de nuit et en pantoufles, et Wardlaw lui avait jeté sur les épaules une couverture bleue et blanche. Il était assis à son bureau.

— Qu'y a-t-il donc, juge ? fit Jeff sans autre formalité, debout devant lui comme un accusé à la barre.

Le juge Allen le regarda sans sourire. Jamais, au souvenir de Jeff, il n'avait eu une physionomie aussi soucieuse.

— Il vous en a fallu du temps, Mc Curtain, pour vous amener ici. J'aurais pu faire le trajet plus de dix fois.

— J'étais à l'autre bout du comté, près de Lord's Creek, quand on est venu me dire que vous vouliez me voir.

— Que fabriquiez-vous donc par là-bas à cette heure de la nuit ? demanda le juge avec une trace d'impatience. Pourquoi n'étiez-vous pas à dormir chez vous ?

Jeff le considéra avec soin avant de répondre. A six ou huit reprises pour le moins, durant ces dix dernières années, le juge Ben Allen l'avait expédié à la pêche. Se pût-il que le juge fût en colère parce que, pour une fois, il avait pris sur lui d'aller à la pêche sans y être invité ?

— J'allais à la pêche juge, déclara-t-il enfin.

Le juge Ben Allen émit un grognement et ramena sa couverture sur ses épaules.

— Une sale affaire, Mc Curtain, prononça-t-il d'un ton grave, tout comme s'il se préparait à rendre une décision importante sur son banc de magistrat. Asseyez-vous donc, Mc Curtain.

Jeff prit un siège.

— Et une affaire qui a l'air de se corser d'une minute à l'autre, continua le juge, posant sur Jeff une œil réfléchi. C'est bien là ce qu'il y a d'embêtant. Dans moins de quatre mois, nous allons avoir les élections primaires. Le moment serait mal choisi pour faire des bêtises.

Jeff approuva de la tête.

— Où vous êtes-vous montré cette nuit, depuis que l'histoire a commencé ?

— J'ai, l'assura Jeff vivement, dormi du sommeil du juste jusqu'un peu après minuit. Après ça, j'ai plié bagage et fait presque tout le chemin jusqu'à Lord's Creek. J'ai pas vu âme qui vive en dehors de ma femme et de mes adjoints.

Le juge Allen le dévisagea, de l'air de soupeser à part lui l'hypothèse d'une mensonge.

— Nous verrons, dit-il.

Wardlaw fit une entrée discrète, traînant sans bruit ses grands pieds plats sur le tapis. Il alla dans le coin près de la porte et y prit son poste accoutumé.

— Vous savez, juge, repartit Jeff sans trop d'assurance, c'est malheureux à dire de nos frères blancs, mais les gens de par là-bas, sur les coteaux de sable, ça nourrit des idées à la noix de coco pour ce qui est de frayer avec les noirs. Une fois même, je suis tombé là-bas sur une femme blanche qui vivait avec un nègre : seulement, ils ont détalé avant que j'aie rien pu faire. Cette Katy Barlow, peut-être bien qu'elle dit la vérité, mais peut-être bien aussi qu'elle ne la dit pas.

— Mc Curtain, il y a plus d'un gâte-sauce à fourrer la patte dans ce fricot-là, proclama le juge, se renversant sur son fauteuil et attirant la couverture sous son menton. Celle qui risque de me causer le plus de tracas, c'est cette Mrs. Narcissa Calhoun. Son raffût de pétition s'est amené si brusquement, que tout ce qu'homme au monde peut faire jusqu'à nouvel ordre, c'est d'évaluer tant bien que mal l'effet que ça va avoir sur les élections. Tout ce machin-chouette est une sacrée fumisterie depuis a jusqu'à z, mais c'est pas ça qui l'empêchera de semer du grabuge si près des élections. Dites aux gens qu'on a violé une fille blanche et les voilà prêts à se monter la tête tant et si bien qu'ils iront mettre leur signature au bas du premier papier venu.

Il s'interrompit pour réfléchir un moment. La minute d'après, il se retournait et posait son regard sur Wardlaw, toujours debout dans son coin.

— Wardlaw, cria-t-il, l'envie me prend de t'envoyer en enfer y rôtir dans les flammes éternelles pour avoir laissé ce garçon noir violer une fille blanche.

Wardlaw se mit à frissonner.

— Non, juge, implora-t-il, je vous en supplie, ne faites pas ça !

Le frémissement se communiqua à ses lèvres.

— P-plus jamais de ma vie je ronchonnerai q-quoi que ce soit que vous me commandiez !

— Cette affaire de viol, c'en est peut-être assez pour que l'opposition remporte une victoire complète aux élections primaires, poursuivit le juge, les yeux toujours fixés sur le nègre dans son coin. Allons ! dis quelque chose ! Ne reste pas là à trembler comme un prunier !

— J'espère que l'opposition, elle ira toute en enfer rôtir dans les flammes éternelles, dit Wardlaw en trébuchant à chaque mot.

Il faisait de son mieux pour se rappeler ce qu'avait dit le juge, afin de le répéter comme il savait qu'on attendait de lui.

— J'espère que vous m'enverrez en enfer rôtir dans les flammes éternelles pour avoir laissé un garçon noir toucher la fille blanche.

Le juge Allen se détourna de lui.

— Juge, demanda Jeff d'un air dégagé, ne croyez-vous pas qu'il serait bon que je file à la rivière et me mette tout de suite à pêcher ? Si je partais maintenant, j'y serais dans une demi-heure.

— La pêche, Mc Curtain, est un sport que vous feriez bien d'éviter, conseilla le juge. Vous devriez trouver quelque chose qui vous procure de l'exercice. De vous asseoir au bord d'un ruisseau et d'y pêcher du matin au soir, c'est la pire chose dont vous puissiez rêver. Vous n'auriez pas à trimballer tant de graisse si vous preniez l'exercice qui convient.

— Mais voyons, juge, je perds au printemps ce que je gagne pendant la mauvaise saison. J'ai maigri de près de quinze livres depuis l'hiver dernier.

Le juge Allen réfléchit un instant, promenant un coup d'œil distrait sur la pièce tandis que se formait sa résolution.

— Tout bien pesé, Mc Curtain, il me paraît nécessaire que vous vous rendiez sur l'heure à Flowery Branch et donniez l'impression de vouloir attraper ce nègre.

Il regardait Jeff droit dans les yeux.

— Cette femme Calhoun va se mettre en campagne dès l'aurore et recueillir des signatures pour sa pétition. Si les gens mordent au morceau comme j'en ai peur, cela veut dire qu'il nous faudra sauvegarder nos intérêts et nous ranger du côté de la majorité. Je suis pas pour envoyer les nègres en Afrique ni nulle part ailleurs, même si les électeurs du comté de Julie signaient la pétition jusqu'au dernier. Mais je ne saurais laisser mes sentiments personnels m'influencer en une circonstance pareille. Nous avons plein le tribunal d'hommes du parti qui comptent sur moi pour les maintenir en fonctions. Vous êtes de ceux-là,

Mc Curtain. Vous tenez à rester en fonctions, n'est-ce pas ?

— Sans doute, juge, mais...

— Alors, c'est bien simple : allez-vous-en là-bas sans plus tarder et faites le geste de vouloir attraper ce nègre, tout en donnant à penser que, si vous mettez la main dessus, on peut vous le reprendre pourvu qu'assez de citoyens réclament cette satisfaction. Dans la matinée, j'aurai occasion de voir comment progresse la pétition. Dès que je saurai la marche à suivre, je vous préviendrai.

Le juge Ben Allen se leva. La couverture glissa à terre.

— Mc Curtain, dit-il encore, nous avons tous une mise considérable dans les affaires du comté et nous ne pouvons pas nous offrir le luxe de laisser l'opposition nous bouter dehors après tant d'années.

Jeff eût aimé suggérer que la meilleure solution restait pour lui de retourner à Lord's Creek et d'y attendre qu'une décision fût prise ; mais, à la seule perspective d'être battu aux élections, il décida d'en agir comme voulait le juge Ben Allen.

Il avait peine à s'imaginer dépossédé de ses fonctions de sheriff après un si long séjour au premier étage de la prison. S'il ratait son coup cette fois-ci, il n'aurait plus qu'à se faire cultivateur. Il ne voyait pas la possibilité de se chercher un autre gagne-pain.

La sonnerie du téléphone sur le bureau les fit sursauter tous trois. Wardlaw s'avança pour répondre, mais le juge Allen saisit l'appareil, et, d'un signe, renvoya Wardlaw dans son coin.

— Le juge Ben Allen ? demanda une voix de femme.

Le juge poussa un grognement affirmatif.

— Juge Allen, je suis désolée de vous appeler ainsi au milieu de la nuit, mais je me fais un mauvais sang terrible. Je suis Mrs. Anderson, de Flowery Branch. Mon mari est parti avec quelques autres hommes sur les traces d'un jeune nègre du nom de Sonny Clark. L'idée me trotte que ce nègre va lui tirer dessus et le tuer. Je suis sûre que ce nègre a un fusil ou je ne sais quoi, et rien ne dit qu'il ne tirera pas sur mon mari. N'y a-t-il pas moyen que vous fassiez quelque chose ? Le sheriff est-il parti l'attraper ? Savez-vous ce qui s'est passé depuis minuit ? Je suis ici toute seule, et ce nègre pourrait bien venir m'attaquer dans ma maison. J'estime qu'il est du devoir du sheriff de se mettre à ses trousses et de le tuer. Quand cela sera-t-il fait ?

Le juge Allen, l'air excédé, hochait lentement la tête au téléphone.

— Peut-être vaudrait-il mieux, madame, que vous appeliez le bureau du sheriff, dit-il du ton le plus calme qu'il put trouver. Le sheriff vous aidera. Bonsoir, Madame.

Il replaça violemment le téléphone sur le bureau.

— Wardlaw ! cria-t-il. Si jamais je te prends à violer une fille blanche, je te mets les tripes à l'air. Tu m'entends ?

Le vieux nègre bondit comme si on lui eût enfoncé une épingle dans la peau.

— Oui, monsieur. Oui, juge, je vous entends.

Il ferma et ouvrit plusieurs fois la bouche.

— Si jamais vous me prenez à violer...

Il tortillait sa langue afin de se libérer des mots qu'il savait devoir répéter.

— Si jamais vous me prenez à toucher une fille blanche...

Il s'interrompit de nouveau, les paroles arrêtées dans sa gorge.

— Si jamais on me prend, faudra qu'on me mette les tripes à l'air !

Vacillant sur ses jambes, il dut s'adosser au mur et y coller ses mains pour trouver un appui.

Jeff, mal à son aise, épiait le juge Allen. Son démon était à deux doigts de le convaincre que mieux valait essayer d'arracher au juge la permission de gagner la rivière et d'y rester au moins jusqu'à l'aube. Il ne doutait pas de la sagesse du juge Allen dans une conjoncture semblable, mais ne pouvait s'empêcher de songer au conseil que lui avait donné sa femme de se tenir à l'écart de Flowery Branch. En fournissant à ces énergumènes de Flowery Branch une occasion d'attraper le nègre avant qu'il n'arrivât lui-même sur les lieux, il ne courrait pas le risque de voir des tas de gens porter leurs suffrages sur un autre candidat. Après tout, aux dernières élections, sa majorité n'avait été que de cent cinquante-six voix...

Il en était encore à attendre un moment favorable pour proposer d'aller à la rivière et d'y rester au moins jusqu'à l'aube, quand le juge Allen reprit la parole :

— Mc Curtain, combien d'hommes pouvez-vous réquisitionner à cette heure de la nuit ?

Le cœur de Jeff défaillit.

— Faut avouer, juge, que c'est quelque chose à quoi j'avais pas pensé. Comme ça, tout de go, c'est difficile à dire. M'est avis que, sans doute, j'en pourrais trouver quelques-uns. Quoique, c'est pas sûr qu'ils soient pas tous partis à la chasse au nègre.

Le juge Allen sortit de derrière son bureau, donnant des coups de genou dans sa chemise de nuit. Il faisait à

Jeff l'effet d'un vieux bonhomme qui va dire ses prières.

— C'est égal, dit-il, débrouillez-vous et réquisitionnez autant d'hommes qu'il vous en tombera sous la main.

Sa voix, sous le haut plafond de la pièce, avait un timbre de pondération et d'autorité.

— Vous devriez pouvoir être là-bas en moins d'une heure et juger de ce qu'il est possible de faire sans vous engager à fond. Dès que j'aurai les éléments voulus pour décider de quel côté il nous faut sauter, je vous enverrai mes instructions dans l'attente que vous les suiviez à la lettre. Demain, après avoir dormi là-dessus, il pourra même m'apparaître sage de prendre des mesures pour couper court aux démarches de Mrs. Narcissa Calhoun. J'aviserais, par exemple, à ce que la cour rendît une ordonnance de *non compos mentis*. Cela serait de nature à lui lier les mains pendant quelque temps.

Il fit un pas vers la porte.

— Je suis content, Mc Curtain, d'avoir pu vous rattraper avant que vous ne disparaissiez dans quelque recoin de votre rivière.

Jeff se mit debout, arrachant du siège sa lourde charpente et la balançant sur ses jambes.

— Mais, juge, se risqua-t-il à protester, incapable qu'il était de se retenir plus longtemps, si on s'en va réquisitionner un détachement dans une occasion de ce genre, y a bien des chances que ça frotte quantité de gens à rebrousse-poil. J'ai toujours pensé qu'il était bon de ne pas contrarier la volonté du peuple. Et puis, j'aimerais que cette histoire de lynchage reste propre politiquement.

Le juge Ben Allen s'arrêta à la porte et fit une volte-face momentanée.

— Mc Curtain, dit-il, ce lynchage restera propre comme un pain de savon. J'en fais mon affaire.

Sur quoi, il se retourna et reprit sa marche, entraînant le cortège hors de la pièce. Quand ils se trouvèrent dans le vestibule, Jeff se dirigea vers la porte d'entrée. Wardlaw la tenait ouverte à son intention et la referma bruyamment dès qu'il eut franchi le seuil.

V

Un gros attroupement d'hommes s'était formé dans la cour d'entrée de la ferme des Barlow. Plusieurs groupes tournaient en rond entre l'habitation et la grange ; quelques individus, par paquets de deux ou trois, stationnaient dans les champs à l'entour de la maison. La plupart étaient des amis et des voisins qui, tout comme Shep lui-même, étaient tenanciers dans la plantation de Bob Watson.

Les premiers arrivants, histoire d'écarter les moustiques, avaient allumé dans la cour un feu de détritus et d'herbes sèches. A la longue, la scène évoquait de plus en plus l'ouverture d'une de ces chasses à l'opossum qui se tenaient régulièrement de semaine en semaine et où prenait part presque toute la population du voisinage.

Les phares d'une automobile apparurent soudain sur le chemin, à un quart de mille de distance. En quelques secondes, le bruit courut parmi les assistants que le sheriff Jeff Mc Curtain s'en venait leur demander de rentrer chez eux et de lui réserver la capture de Sonny Clark. Rares furent les propos échangés de l'un à l'autre comme ils surveillaient l'approche de l'automobile, mais chacun se promettait bien de résister à toute invitation qui lui serait faite d'abandonner la partie. Certains marmonnaient des menaces à l'adresse du sheriff. Le plus grand nombre, toutefois, se bornait, les dents serrées, à attendre les événements.

— Jeff Mc Curtain ferait bien de se mêler de ce qui le regarde, proféra quelqu'un à haute voix, chaque parole lourde de signification. C'est guère indiqué pour sa santé qu'il vienne par ici à c'te heure fourrer le nez dans nos affaires.

La foule, qui s'était portée en avant, entoura l'automobile quand elle stoppa à l'endroit où finissait le chemin. Plusieurs lampes de poche furent braquées sur la voiture et les portières ouvertes en un clin d'œil. Tout compte fait, ce n'était pas le sheriff. L'homme qui descendit, paupières clignotant de peur sous l'éblouissement de cette lumière, était un coiffeur d'Andrewjones appelé De Loach.

— Hé ! là, trouva-t-il le moyen de dire, tout en reculant contre son auto. Qu'est-ce qui vous prend, les gars ? J'ai rien fait de mal.

— Que venez-vous fiche par ici ? demanda l'un des hommes après avoir fendu la foule et s'être planté devant lui.

— J'ai entendu dire, expliqua-t-il, qu'un nègre avait violé une fille blanche, et ça m'a donné envie de me joindre à la chasse. J'en ai déjà chassé, des nègres, et je voulais pas louper ce coup-ci.

— C'est un pote, cria quelqu'un d'autre par derrière. Des fois, il me coupe les cheveux quand je vais en ville. Y a beau temps que je le connais.

La foule s'en revint lentement dans la cour, ce qui rendit de son assurance au coiffeur. Il suivit les hommes jusqu'au feu d'herbes sèches.

— Alors, rien de neuf ? demanda-t-il.

Aucun de ses compagnons ne souffla mot, mais il en vit plusieurs qui secouaient la tête.

— Je me disais il y a quelques jours à peine : Mon vieux, c'est quasiment l'heure qu'un truc comme ça se reproduise, déclara le coiffeur. Voilà bien à présent une année entière que les nègres se faisaient oublier, depuis ce lynchage du comté de Rimrod. J'avais la trouille que, la fois d'après, les choses se passent à l'autre bout de l'Etat, si loin que je serais refait pour y aller. Mais voilà, c'est comme ça. Si vous songez un instant, vous vous apercevrez que ces histoires de nègres et de viols, ça survient avec une régularité d'horloge. Je les ai étudiées de près depuis que je me suis installé coiffeur à Andrewjones il y a neuf ans.

Chacun semblait d'accord avec lui, mais personne ne dit rien. La plupart des hommes réunis autour du feu étaient des fermiers qui, leur vie durant ou peu s'en faut, avaient été les voisins de Shep. Il y avait bien par-ci par-là quelques individus venus d'Andrewjones, mais, du moment qu'ils résidaient en ville, on les tenait pour des étrangers. Les voisins considéraient l'affaire comme d'ordre privé, et il leur déplaisait que des habitants d'Andrewjones prétendissent se trouver là au même titre que quiconque.

— La dernière fois que je suis allé à la chasse au nègre, ça doit faire dans les trois ans, continua le coiffeur. C'est la fois que nous avons pendu ce nègre dans le comté de Feeney. Et il a été bougrement difficile à attraper, croyez-moi ! Il nous a fallu trois jours et trois nuits pour le découvrir, vu qu'il s'était caché dans un marécage. C'était à peu près la même saison que maintenant, vers le milieu de l'été.

Avant l'arrivée du coiffeur d'Andrewjones, les hommes avaient certes discutaillé de viols passés et présents, mais nul n'eût pu dire au juste ce qui venait réellement d'avoir lieu. Même alors, certains demeuraient sceptiques. Parmi les plus âgés, deux ou trois ne s'étaient pas gênés pour trouver étrange que Mrs. Narcissa Calhoun, connue de tous comme l'instigatrice de la pétition tendant à renvoyer les nègres en Afrique, fût seule à témoigner du viol de Katy Barlow par Sonny Clark. Jusque-là, Katy elle-même s'était bien gardée d'ouvrir la bouche et l'on n'avait pas demandé au docteur de l'examiner. La même poignée d'hommes avait peine à se convaincre qu'un jeune nègre de dix-huit ans, d'aussi bon renom que l'était Sonny, eût molesté une fille blanche, s'appelât-elle Katy Barlow, sans en recevoir d'abord de copieux encouragements. Un ou deux d'entre eux n'avaient pas mâché leurs mots, déclarant que toute l'histoire leur semblait un coup monté par Mrs. Narcissa Calhoun afin d'obtenir des signatures pour sa pétition.

La majorité, cependant, était prête à croire n'importe quoi dès l'instant qu'il s'agissait d'un nègre. L'un des hommes, Oscar Dent, qui exploitait une scierie dans les marais de l'Oconee, à l'extrémité sud du comté, avait la réputation de batailler contre les nègres au moindre prétexte qu'il pût saisir. Oscar s'était souvent vanté d'avoir tué tant de noirs qu'il ne les comptait plus. L'hiver précédent, il en avait descendu un à coups de fusil sur son chantier et assommé un autre avec une barre de fer. On ne l'avait jamais traduit en justice pour aucun de ses meurtres, car il invoquait à chaque fois l'argument de légitime défense. Après plusieurs tentatives, toutes également vaines, pour l'inculper d'homicide par imprudence, le procureur du comté avait renoncé : cela, disait-il, ne faisait qu'ajouter à ses frais de bureau.

Le remue-ménage causé par l'intrusion du coiffeur d'Andrewjones s'était entièrement calmé. On n'entendait aucun éclat de voix. Un groupe considérable restait assemblé, autour du feu, à contempler silencieusement la flamme. Ceux qui bavardaient se souciaient de savoir combien le coton pourrait bien rapporter à l'automne. Si les prix tombaient à moins de huit *cents* la livre, nombre d'entre eux s'en trouveraient réduits à la portion congrue pendant toute l'année suivante. Si les prix s'élevaient à plus de dix *cents* la livre, alors, il leur serait possible, non seulement de se nourrir comme il faut, mais de renouveler leur garde-robe et quelques pièces de leur mobilier. Du matin au soir et du soir au matin, le prix du coton était la chose la plus importante de leur vie.

Le père de Katy n'était pas encore rentré chez lui. Shep avait filé en automobile peu avant minuit, et nul ne savait où il était, ni quand il reviendrait. Au moment du départ, il avait invité les autres à ne pas bouger en son absence, et, puisque c'était le père de Katy, son désir avait été respecté. Tout ce qui touchait à l'organisation de la chasse dépendait de Shep, en sorte que rien ne pouvait être fait avant son retour.

Katy était à l'intérieur de la maison sous la garde de Mrs. Narcissa Calhoun. Ce soir-là, en ramenant Katy chez elle, Narcissa avait proclamé son intention de demeurer à ses côtés pendant toute la nuit. Elle comptait se mettre en route au matin, son petit déjeuner aussitôt avalé, et consacrer une journée bien remplie à solliciter des signatures pour sa pétition.

Le feu marchait bon train à l'extrémité de l'allée qui traversait la cour depuis la porte de l'habitation jusqu'à la sortie sur le chemin. Les hommes s'étaient de nouveau dispersés, formant de petits groupes qui causaient à voix basse.

— Remettez-vous-en à Shep Barlow, dit l'un de ceux qui étaient restés près du feu. Je ne sais pas ce qu'il fabrique en ce moment, mais c'est égal : il peut compter sur moi. Des fois qu'il connaîtrait la cachette de ce nègre et serait parti le chercher tout seul ! Ça serait du Shep tout craché.

— Moi, dit un autre, je voudrais qu'on se grouille. Ça n'a pas le sens commun de poireauter là à ne rien faire. Si l'on s'y mettait tout de suite, nous pourrions avoir ce nègre au petit matin.

— C'est rapport à la fille de Shep que tout ça est arrivé, répliqua le premier. En ce cas, il n'est que juste, je pense, de laisser Shep mener l'affaire comme il l'entend.

Shep avait, dans le comté de Julie, la réputation d'être l'homme le plus irascible que la terre eût porté. En fait de meurtres, il ne s'en était jamais tenu à la race noire, pour la simple raison qu'il agissait sans retard lorsqu'un individu le mettait en colère. Le dernier homme qu'il eût expédié dans l'autre monde était un étranger, un blanc que personne ne connaissait. D'où il venait, où il allait, son nom même, tout cela constituait un mystère qui n'avait jamais été éclairci. Shep l'avait tué sans l'ombre d'un prétexte ou peu s'en faut. L'étranger avait fait irruption dans la cour un beau matin vers les dix heures et s'en était allé boire au puits sans demander la permission. Le hasard voulut que Shep fût assis sous sa véranda. Il ne dit pas un mot, mais, comme l'étranger s'en retournait, Shep descendit dans la cour et l'égorgea avec son couteau de poche. L'homme resta étendu par terre toute l'après-midi, perdant son sang jusqu'à ce que mort s'ensuive. Au cours de l'interrogatoire par-devant jury, le coroner* chercha à savoir si, de l'avis de Shep, la victime était un sourd-muet ; et Shep ayant déclaré ne pouvoir dire ni oui, ni non, le coroner prononça que, parce qu'un citoyen était un âne bâté, ce n'était pas un motif suffisant pour l'inculper d'assassinat. Shep laissa entendre par la suite qu'il lui déplaisait fort d'être traité d'âne bâté, mais, du moment que tous deux étaient des démocrates de la nuance Allen, il consentirait à oublier l'affaire si le coroner en faisait autant.

L'électricité s'alluma dans le vestibule et Katy parut derrière le grillage de la porte d'entrée. Elle se tint là un moment, essayant de percer l'obscurité. Les hommes qui l'aperçurent la reconnurent tout aussitôt. Ils s'approchèrent de la véranda afin de la mieux voir.

— Je ne savais pas qu'elle avait grandi tant que ça, chuchota l'un d'eux à l'oreille de son voisin. C'est une fille faite maintenant. Je la croyais trop jeune pour remarquer un type.

— C'est vrai, dit l'autre. Je l'ai vue plus d'une fois dans le courant de l'an dernier, mais j'ai jamais fait beaucoup attention à elle. Je m'imaginais que c'était encore une gamine.

— Se peut qu'autrefois, ç'ait été une gamine, lança un troisième tout en se dirigeant vers la véranda. Mais elle l'est plus à c'te heure. Elle est effrontée comme une chienne en chaleur. Vous n'avez qu'à la regarder !

La mère de Katy, Annie Barlow, était morte deux ans auparavant. Katy, à cette époque-là, venait tout juste de passer son treizième anniversaire. Sa mère

* On sait que le coroner est un officier de justice chargé d'instruire les cas de mort violente ou accidentelle. A l'issue de son enquête, il décide, avec l'assistance du jury, s'il y a lieu ou non d'instituer des poursuites contre personnes connues ou inconnues (N. T.).

était tombée dans le puits, un matin qu'elle tirait de l'eau pour remplir le baquet de l'arrière-cour. Shep s'était aperçu de l'absence d'Annie à la fin de la journée, lorsque, rentré pour souper, il découvrit que le repas n'était pas prêt et placé sur la table à l'heure voulue. Il avait fait une colère épouvantable, chassant Katy de la maison et l'obligeant ainsi à passer la nuit toute seule dans les bois. Puis, il se dit qu'Annie avait eu une pique à propos de quelque chose et était partie dans les champs pour y bouder à son aise, après quoi elle reviendrait, soit au cours de la nuit, soit de bonne heure le matin, à temps en tout cas pour lui préparer son petit déjeuner. Il était parfaitement convaincu qu'à son retour, elle serait aussi docile que jamais. Il alla donc se coucher et dormit paisiblement. Mais quand il lui fallut accommoder lui-même son petit déjeuner, il se promit bien de donner à sa femme une tripotée de derrière les fagots lorsqu'elle rentrerait au logis. En fin d'après-midi, elle n'avait pas reparu et Shep commença tout de même à s'inquiéter un peu. Le soir venu, il se rendit chez Bob Watson et se fit prêter une demi-douzaine de nègres pour l'aider à fouiller les bois et les champs dans le voisinage de sa maison. Ils cherchèrent toute la nuit et toute la matinée du lendemain sans trouver la moindre trace d'Annie. Quand, au bout du compte, il envoya demander dans le comté de Smith si elle n'avait pas été là-bas rendre visite à son père ou à l'une de ses sœurs, réponse lui fut faite qu'on ne l'avait pas vue dans ces parages. Shep poursuivit ses recherches par-ci par-là chaque jour du restant de la semaine, mais, arrivé le dimanche, il était prêt à tout lâcher. Il avait fini par se persuader qu'Annie s'était enfuie à Jacksonville, à Atlanta ou dans quelque autre grande ville. Tard dans l'après-midi du dimanche, il était au puits à tirer un seau d'eau, lorsque le seau vint à buter, tout au fond, contre un objet qui n'aurait pas dû se trouver là. Il alla dans la maison se procurer le miroir d'Annie, revint en courant et projeta un rayon de lumière dans le puits. Il reconnut la robe de sa femme, une robe de guingan rouge, à la seconde même où ses yeux se posèrent sur elle. L'idée que, durant tout ce temps-là, Annie avait été au fond du puits le rendit beaucoup plus furieux qu'il n'eût été si elle avait abandonné le domicile conjugal. Il se mit à hurler le nom de Katy et à lancer des choses dans le puits. Katy prit sa course vers le bois, affolée de peur à la pensée qu'il allait la culbuter par-dessus la margelle, ni plus ni moins que les objets hétéroclites qui lui tombaient sous la main. Nul n'était là pour l'arrêter, et il continua jusqu'à ce que la provision de bois de son bûcher y fût passée à peu près complètement. Katy ne rentra pas avant le milieu de la semaine suivante. Même alors, elle redoutait de s'endormir la nuit. Cela dura tout le reste de l'été, cependant que son père s'employait à creuser un nouveau puits.

Les hommes de la cour se pressaient maintenant contre le rebord de la véranda, en quête d'un bon endroit pour reluquer la jeune fille. Katy sourit à cette grappe de visages qu'elle discernait autour des marches de l'entrée.

— Hé ! là, Katy ! fit une voix excitée.

Elle se pencha, adressant aux hommes un sourire épanoui.

— Hé ! là, Katy ! cria plus fort la même voix.

Katy alluma le globe de la véranda, inondant la cour entière d'une clarté presque diurne. La plupart des hommes accotés à la balustrade eurent un brusque mouvement de recul, mais d'autres prirent leur place, et, en peu de temps, chacun s'était campé le plus près possible. Katy portait encore sa robe de ce soir-là, celle qui avait été déchirée du haut en bas sur le devant. Mrs. Narcissa Calhoun, en effet, prétendait avoir trouvé Katy en cet état et vouloir qu'elle montrât ce dont un nègre était capable. La silhouette de Narcissa se laissait entrevoir derrière la porte, allant, venant, poussant Katy à sortir sur la véranda.

— Hé ! là, Katy ! interpella quelqu'un. Quand c'est-y que nous mettons ça !

Katy ouvrit la porte grillagée et mit le pied sur la véranda. Pendant un bon moment, elle s'en tint là, tournant la tête de temps à autre pour écouter les recommandations de Narcissa. Elle avait une contenance embarrassée. Ses joues étaient presque cramoisies.

Finalement, Narcissa coula sa tête dans l'entrebâillement de la porte et murmura quelque chose à l'oreille de Katy. Celle-ci hésita un instant, puis fit plusieurs pas vers la balustrade. Aussitôt se produisit dans la cour un remous à peu près général et une bousculade contre la véranda. Katy s'en vint jusqu'à l'un des montants de bois qui encadraient le haut des marches.

— Je pourrais diablement mieux m'échauffer la bile si c'était n'importe qui d'autre au monde qui se soit fait chambouler, observa l'un des hommes plus âgés aux derniers rangs de la foule.

— Bah ! fit un deuxième, Katy Barlow a pas exactement la meilleure réputation que je connaisse, mais c'est pas non plus tout à fait de sa faute. Son paternel s'en est simplement pas occupé comme il faut depuis que la gosse a perdu sa mère.

— Je dis pas non, rétorqua le premier, mais n'empêche que, pour une raison ou pour une autre, j'arrive pas à m'échauffer la bile dans tout ça.

Katy souriait toujours aux visages brillants qui se dessinaient dans la lumière. Elle passa un bras autour du montant, et, ainsi calée contre la balustrade, mit le doigt sur l'échancrure déchirée de sa robe. La foule se porta en avant pour s'efforcer d'y voir de plus près quand elle commença de tripoter l'ouverture du vêtement.

— Hé ! là, Katy ! Des fois que t'aurais besoin de moi...

Et Katy de sourire largement à tous ces visages, ses propres joues brûlant de surexcitation.

Plusieurs des hommes qui se trouvaient au bord de la véranda, juste en dessous d'elle, se frayèrent un chemin à travers la foule et regagnèrent le feu d'herbes sèches. De Loach, le coiffeur d'Andrewjones, se dégagea tant bien que mal des rangs serrés de la multitude. Ils s'assemblèrent autour du foyer enfumé, sans quitter des yeux la jeune fille. Nul ne dit rien pendant quelques minutes.

Milo Scoggins, un tenancier qui avait sa ferme à deux milles environ plus loin sur la route, vint rejoindre le groupe formé par De Loach et les autres. Il tira de sa poche une bouteille de whiskey de maïs et la fit circuler à la ronde. Quand chacun eut bu une rasade, il renversa la bouteille et l'acheva.

— Curieux que j'aie encore rencontré personne ce soir pour me renseigner sur cette particulière, observa le coiffeur en donnant un coup de tête dans la direction de Katy et de la véranda. C'est rigolo qu'elle ait pu être ici tout ce temps-là et que personne n'ait jamais rien eu à voir avec elle.

— Vous avez pas questionné les gens qu'il fallait,

répondit Milo. Vous m'avez pas questionné, moi, par exemple.

Tous s'empressèrent autour de Milo. Le coiffeur lui enfonça son coude dans les côtes.

— Vrai, vous l'avez vue faire quelque chose ? s'enquit De Loach avec avidité, tout en lui administrant bourrade sur bourrade.

— Si je l'ai vue ? dit l'autre en souriant.

De Loach fit oui, oui, à petits coups de tête précipités, sans cesser de lui bourrer les côtes.

— L'automne dernier, préluda Milo, j'étais à cueillir du coton pour Bob Watson dans un champ à peut-être trois milles et demi d'ici. Bob Watson est propriétaire de tout ce coin de pays, et quasi tout le monde travaille pour lui comme fermier, métayer ou Dieu sait quoi. Nous étions bien trente-cinq ou quarante à cueillir le coton dans son champ cette fois-là dont je vous parle.

— Et elle, qu'est-ce qu'elle vient fiche là-dedans ? demanda impatiemment le coiffeur, avec un nouveau coup de tête dans la direction de Katy.

— Vous emballez pas ! conseilla Milo en faisant effort pour le repousser. J'y arrive à la minute. Nous étions donc tous à cueillir du coton, et Katy Barlow était là elle aussi. Dans la matinée, j'avais remarqué qu'elle se faufilait tout le temps du côté des garçons, si bien que, l'après-midi sur les trois heures, j'ai décidé de mettre au clair son petit manège. Je me suis arrangé pour rester un peu en arrière des autres, et pour sûr qu'elle n'a pas tardé à se laisser dépasser à son tour. J'y ai fait du plat pendant un moment, histoire de tâter le terrain, et m'est apparu qu'elle était aussi consentante que les filles le sont jamais. Là-dessus, je n'ai fait ni une ni deux, et j'y ai demandé qu'est-ce qu'elle dirait si on se rencontrait après le boulot, et elle a répondu qu'elle voulait bien.

Il se tut un instant pour inspecter les alentours et voir si quelque nouvel arrivant n'était pas venu grossir le groupe auprès du feu. Ses compagnons, tout en attendant qu'il poursuivît son récit, épiaient Katy sur la véranda. De Loach gigotait comme un diable et multipliait les coups de coude.

— Un peu avant le coucher du soleil, et comme chacun quittait le champ pour s'en revenir chez soi, j'ai fait signe à Katy de me suivre dans la cabane où nous avions empilé notre cueillette de la journée. Je me suis glissé à l'intérieur et j'ai attendu. Par une fente dans la cloison, je l'apercevais qui traversait le champ. Bientôt après, la voilà qui s'amène d'un bond et grimpe sur le coton jusque là où j'étais. Parole d'honneur, jamais de ma vie j'ai vu une fille aussi chaude que ça. En moins de rien, elle s'était débarrassée de tout ce qu'elle avait sur la peau. Et je suis là pour vous dire que j'ai jamais rien vu d'aussi joli que c'te fois-là. Elle s'est allongée sur le coton, toute nue et duvetée comme une pêche. Là où ses jambes se rejoignaient sous son ventre, vous auriez dit que quelqu'un avait enfoncé son doigt dans un de ces ballons de baudruche et que la marque y était restée. Elle...

Il y eut un remous dans la foule autour des marches de la véranda. Milo s'interrompit et se retourna pour voir ce qui arrivait. Katy riait nerveusement et ramenait les pans de sa robe à l'endroit où celle-ci s'était ouverte.

— Hé ! là, Katy ! A ton service ! cria une voix par-dessus le bruit.

De Loach s'était remis à bourrer les côtes de Milo.

Milo sursautait à chaque fois qu'il recevait dans les flancs le coude pointu du coiffeur.

— Et alors, souffla ce dernier, qu'est-ce que vous avez fait ?

L'un des hommes sortit une bouteille et la fit circuler. Ils la vidèrent et la jetèrent dans un coin.

— Ce que j'ai fait ? répondit Milo, s'essuyant la bouche d'un revers de main. Pour dire vrai, j'ai rien fait du tout. Elle restait là de tout son long, à s'activer la balançoire comme, de ma vie, j'ai rien vu de pareil. Puis, l'instant d'après, elle a commencé à m'entreprendre de la même façon. On s'est mis à rouler en tous sens, chacun tâchant d'empoigner l'autre. Cette cabane de Bob Watson, elle fait dans les trente à quarante pieds, en long comme en large : eh bien ! on allait cogner tantôt contre un mur et tantôt contre le mur d'en face, trente à quarante pieds bien tassés. La garce m'a attrapé avec ses dents, et ça m'a fait si mal que j'ai cru qu'elle allait me tuer. J'ai gueulé assez fort pour être entendu à un mille. M'est avis que j'ai dû perdre la tête, car je me suis mis à la tabasser avec mes poings, tant la douleur était mauvaise. D'ailleurs, faut croire qu'elle s'en fichait royalement, vu que, tout de suite, elle a commencé à faire un bruit comme des pigeons qui roucoulent. Ses coups de dents m'ont fait moins mal après ça, et j'avais conscience de rien que de cette espèce de roucoulement. J'ai pas la moindre idée du temps que ça a duré, et tout ce que je sais, c'est que, par la suite, on a repiqué de plus belle sur le coton. Nous sommes allés buter du crâne contre un mur, que j'en ai vu trente-six chandelles. J'avais pas la tête à m'en soucier. Ce qui m'a rendu mes esprits, c'est quand elle s'est remise à me mordre un bon coup. J'ai essayé de la repousser avec mes poings, mais, si dur que je tape, y avait pas moyen de la faire lâcher. Après ça, je me souviens qu'en ouvrant les yeux, j'ai vu du sang qui nous barbouillait tous les deux. Avec ses dents de loup, elle m'avait enlevé un morceau d'épaule la dernière fois qu'elle m'avait mordu. A telle enseigne que j'ai toujours la marque si vous voulez voir. M'est avis que cette marque est là pour tout le restant de ma vie.

Pas un mot ne fut prononcé lorsqu'il eut fini. De Loach, le coiffeur, le regardait d'un œil hébété. Au bout d'un moment, il s'éloigna dans l'obscurité et alla se perdre du côté de la grange.

Milo et les autres se rapprochèrent de la foule qui faisait cercle au pied des marches de la véranda.

— Hé ! là, Katy ! fit une voix.

Milo poussa de l'avant et dévisagea la jeune fille.

— Elle a sa tête de ce jour-là, murmura-t-il à l'un des hommes qui l'avait suivi. Oui, c'est exactement la tête qu'elle avait c'te fois-là dans la cabane de Bob Watson.

Des papillons de nuit voletaient autour du globe électrique sous le plafond de la véranda. Nombre d'entre eux venaient se heurter à la figure de Katy, et elle leva la main pour en chasser quelques-uns. Quand sa robe s'ouvrit, elle la ramena sur elle avec un petit rire de femme chatouillée.

— Hé ! là, Katy ! cria une voix, plus sonore qu'aucune autre, du fond des ténèbres de la cour.

Son rire la secouait tellement, qu'elle dut s'agripper des deux bras au montant de la balustrade afin de conserver son équilibre.

VI

Après avoir franchi la porte du juge Ben Allen, Jeff Mc Curtain, le cœur lourd, monta dans son auto et remit le cap sur le centre de la ville. Passant aussi vite que possible devant le garage de nuit, désormais sombre et désert, il fit et refit lentement le tour du Palais de Justice. L'envie lui tenaillait l'esprit de se conformer à l'avis du juge Ben Allen par souci de son avenir politique. En revanche, son propre instinct lui laissait attendre plus de mal que de bien d'une intervention quelconque dans les affaires d'une bande assoiffée de chasse et résolue à lyncher un nègre. Il savait par expérience que le juge Allen jouait ce genre de situation à la manière d'une partie de dames, et que, si l'occasion s'en présentait, il n'hésitait pas à sacrifier un pion pour le plaisir d'en rafler deux. Jeff déplorait le fait que le délit qui se préparait ne fût pas quelque chose de net et de bien tranché, comme, par exemple, une effraction pure et simple ou le défaut d'un inculpé en liberté provisoire.

Il n'eût pu compter le nombre de fois qu'il avait contourné le haut bâtiment avec son beffroi et ses murailles de briques rouges. Seulement, il avait si souvent bouclé et reboucle la boucle, qu'il ressentit une espèce de vertige. Il constata que sa voiture faisait des zigzags dans la rue et eut assez de présence d'esprit pour l'arrêter. En regardant par la portière, il reconnut le côté est de la place du Tribunal.

Comme il se demandait quel successeur le juge Allen lui choisirait si la population se tournait contre lui, il éprouva soudain un affreux mal au cœur et s'affaissa sur le volant.

Quand il ouvrit les yeux et se redressa, il était sans savoir combien de temps avait duré son indisposition. En tout cas, il se sentait beaucoup mieux. Il essaya vainement de découvrir le cadran illuminé de l'horloge du tribunal, car l'épais feuillage des arbres le dérobait à sa vue.

Jeff n'aurait su dire d'où lui venait cette inspiration, mais, quelque part hors des brumes de sa pensée, avait surgi l'idée qu'il lui serait possible de ne pas se compromettre politiquement dans la bagarre de Flowery Branch. Il se rappelait que, tout en faisant le tour de la place, il avait rêvé de dénicher un endroit convenable et d'y dormir en paix le reste de la nuit. Or, il avait un plan qui lui permettrait de réaliser l'un et l'autre.

— Cristi ! se dit-il à lui-même en descendant de voiture pour se dégourdir les jambes. Ça m'aurait fichu tout de guingois de me radiner là-bas à un moment pareil.

Il se sentait déjà infiniment plus à l'aise. Loin de perdre des voix aux prochaines élections primaires, il allait, pensait-il, éveiller tant de sympathies que, du coup, il en ramasserait plus de suffrages que jamais auparavant.

Jeff déambula quelque temps à côté de son automobile, toujours histoire de s'étirer les muscles. Il s'était abandonné à son enthousiasme au point d'en oublier le voisinage où il se trouvait. Brusquement, il se tapit dans l'ombre de la voiture et jeta un regard à la ronde pour s'assurer que personne ne l'observait. Il venait de songer que, si l'agent de service avait été à son poste, celui-ci l'aurait infailliblement remarqué en plein milieu de la place à cette heure de la nuit. Ne voyant âme qui vive, il entreprit de redescendre la rue, point trop sûr à part lui que l'agent n'eût pas quitté la ville pour se rendre à Flowery Branch.

Hâtant le pas, mais non sans éviter de laisser ses talons sonner et racler contre le ciment du trottoir, il se dirigea vers l'arrière de la prison. Il fit un détour de trois rues pour ne pas courir le risque d'être aperçu à proximité de la façade du bâtiment.

Il se sentait tout ragaillardi à la pensée que, presque par hasard, il avait découvert un truc pour satisfaire tout le monde, du point de vue politique s'entend, y compris lui-même et le juge Ben Allen. Son plan lui paraissait si ingénieux que, même Corra serait contente quand elle en aurait connaissance. Il marchait à aussi vive allure que possible, lançant en avant sa lourde masse avec une agilité que, la veille encore, il eût pu croire évanouie à tout jamais.

Arrivé derrière la prison, il fit halte et tendit l'oreille. Tout était silencieux comme une tombe dans un cimetière de campagne. La lueur des réverbères scintillait à travers les arbres, et les motifs qu'elle dessinait sur le pavé lui remémoraient les travaux de broderie de sa femme.

Gagnant prudemment la porte de derrière, il sortit son trousseau et chercha la clef qu'il lui fallait. Celle-ci ouvrit la serrure avec tout juste un petit grincement d'objet rouillé. Jeff demeura un instant aux aguets, puis, fort de la certitude que le bruit n'avait attiré personne, il poussa la porte et entra. Il eut soin de laisser la porte grande ouverte.

Jeff s'immobilisa dans l'obscurité de la prison, attentif à la lourde respiration de Sam Brinson. Dorénavant, la présence de Sam semblait conférer à toutes choses un cachet de régularité.

Alors, il avança à l'aveuglette dans le passage entre les deux rangées de cellules. La salle était d'un noir d'encre et il devait tâtonner à chaque pouce du chemin.

Jeff n'eut aucune peine à trouver dans le trousseau de clefs la forme familière de son passe-partout. Il fit jouer les verrous d'une des cellules et se coula à l'intérieur. La grille aux barreaux de fer, quand il la poussa, gémit aigrement sur ses gonds rouillés ; mais les ronflements de Sam Brinson se poursuivirent sans interruption. Jeff avait choisi une cellule du côté sud du passage, parce qu'il se rappelait distinctement avoir enfermé Sam dans sa cellule coutumière du côté opposé.

Jeff ferma soigneusement la grille, veillant à ne pas la faire grincer plus que de raison. Après quoi, il passa la main entre les barreaux, tira les verrous et jeta son trousseau de clefs aussi loin qu'il put.

Il savait exactement ce qu'il allait raconter à Bert, le lendemain matin, quand Bert apporterait à Sam Brinson son petit déjeuner. Il lui expliquerait qu'il était en train d'exécuter les ordres du juge Ben Allen lorsque cinq hommes masqués, avec des mouchoirs noués sur la figure, l'avaient enlevé place du Tribunal, menaçant de l'assommer à coups de crosses s'il élevait la moindre protestation. Après lui avoir subtilisé ses clefs, ils avaient cadenassé Jeff dans la prison, jeté les clefs en quelque coin et disparu avant qu'il pût appeler à l'aide.

Au juge Ben Allen, le sheriff comptait dire que ses

agresseurs, tout en l'enfermant sous le toit de sa propre prison, avaient déclaré vouloir l'empêcher d'organiser un détachement de police et de s'immiscer dans la poursuite de Sonny Clark. Le juge Allen ne saurait l'accuser de n'avoir pas réquisitionné un détachement comme il en avait reçu l'ordre, et, chose tout aussi importante, cela le dispensait d'aller à Flowery Branch commettre un suicide politique en se mettant à dos une bande d'électeurs bien résolus à capturer le nègre.

Jeff riait sous cape, l'épiderme parcouru d'un frisson de plaisir, et remerciait sa bonne étoile de lui avoir suggéré cette combinaison à toute épreuve. Il savait que Corra serait bien contente, elle aussi, quand elle verrait avec quelle habileté il avait sauvegardé ses intérêts politiques. Nul doute qu'elle ne lui pardonnât de ne pas être allé se cacher à Lord's Creek.

— Cristi ! marmonna-t-il entre ses dents. Si j'avais filé à Flowery Branch, ça serait revenu ni plus ni moins à me couper la gorge. Comme balourdise à la noix de coco, y avait que ça à faire.

Il plaignait de tout son cœur ce pauvre négrillon de Sonny Clark. Un sentiment d'impuissance l'envahit. Que le garçon dût payer de sa vie lui était chose haïssable, mais, du moment que la situation le menaçait lui-même dans son existence politique, il ne se connaissait guère d'autre choix que de sauver son avenir à n'importe quel prix. Il essaya de chasser la pensée de Sonny en se disant combien il avait sommeil.

La cellule possédait deux rangées de couchettes, chaque rangée comportant deux étages. Jeff chercha à tâtons la couchette inférieure du côté gauche. Il fouilla dans ses poches pour avoir des allumettes, mais n'en put trouver une seule. En désespoir de cause, il s'assit et ôta ses souliers. Quelques instants plus tard, il s'était allongé sur le dos et dormait à poings fermés.

Durant la nuit, il se réveilla une fois, vaguement conscient d'entendre des voix d'hommes qui discutaient bruyamment dans une autre partie de la prison ; mais il ne sut garder ses esprits assez longtemps pour ouvrir les yeux. Il fit face au mur et se rendormit.

Juste comme le jour se levait, de nouveaux éclats de voix le tirèrent de son sommeil. Il se réveilla en sursaut. Avant qu'il pût changer de position, les hautes voûtes de la salle s'emplissaient de bruit. Certaines des voix lui parvenaient désagréablement enflées. L'une d'elles, il en était sûr, était celle de Corra.

Il se retourna vivement, en dépit de son poids et de sa masse, et posa les pieds sur le plancher.

— Mais qu'est-ce qu'il y a ? s'exclama-t-il en essayant de voir entre les barreaux.

Comme son regard balayait la cage, Jeff eut nettement l'impression de quelque chose d'anormal. Ses yeux, quittant la grille, vinrent errer sur la couchette opposée. Le spectacle le fit se relever si brusquement, qu'il donna de la tête contre le châlit de fer de la couchette supérieure. Une mulâtresse était là, étendue sur la paillasse en face de la sienne. Elle se dressa d'un bond sur son séant et se mit à pousser des cris d'orfraie.

Jeff se frottait les paupières de stupeur.

Au même moment, il y eut une ruée de pas lourds dans l'allée centrale.

— Cristi ! hurla-t-il. Où suis-je donc ?

Il ramena ses yeux dans la direction des barreaux. A travers les interstices, il discernait un groupe d'étranges figures qui faisaient effort pour le reconnaître. A la longue, il se rendit compte que les visages de l'autre côté de la grille étaient recouverts d'un mouchoir, et il eut l'affreux sentiment d'être plongé dans un cauchemar dont il n'y avait plus moyen de sortir. Les figures masquées ressemblaient point par point à celles qu'il avait si clairement imaginées lorsqu'il s'enfermait dans la cage. Derrière elles, il apercevait confusément les traits familiers de Corra, de Bert et de Jim Couch.

— Corra ! appela-t-il du plus fort qu'il put.

La mulâtresse restait assise en face de lui, les yeux exorbités, tirant à elle ses vêtements en désordre. La minute d'après, elle faisait à nouveau retentir la cage de ces cris perçants.

— Corra ! vociféra-t-il, sautant debout et se précipitant vers la grille. Pour l'amour de Dieu, viens me sortir de là !

Les hommes aux mouchoirs se pressaient maintenant contre la cellule et lui dissimulaient Corra.

— Sheriff, s'enquit l'un d'eux avec calme, où est c'te tête de nègre de Sonny Clark ?

Jeff pouvait voir des canons de fusils qui se braquaient sur lui entre les barreaux. Il esquissa un mouvement de recul.

Corra, se frayant un chemin parmi les hommes, s'était plantée à quelques pas devant lui et le dévisageait froidement.

— Que fais-tu là, Jefferson ? demanda-t-elle d'un ton acerbe.

Il lui suffit d'entendre la voix de sa femme pour s'assurer qu'il ne se débattait plus dans un rêve.

— Jefferson ! dit-elle encore.

— Mais, Corra, je n'ai pas...

Du coin de l'œil, il lorgnait la mulâtresse.

— C'est pas tout ça, sheriff, interrompit une voix

bourrue, mais nous avons pas le temps d'écouter vos balivernes. Nous...

— Je suis Jeff Mc Curtain ! Personne ne peut commander...

Plusieurs pointes de fusil passèrent à travers les barreaux et vinrent exercer une pression douloureuse sur son estomac.

— Nous voulons savoir ce que vous avez fait de ce nègre de Clark, reprit à ses oreilles la voix bourrue. La nouvelle a couru que vous l'aviez pris, amené en ville et bouclé dans la prison. Nous avons pas de temps à perdre. Sheriff, où est ce nègre de Clark ?

— J'ignore qui vous êtes, aucun de vous, répondit Jeff que la colère échauffait. Mais y a personne qui puisse venir dans ma prison et que la faire à l'intimidation. J'ai été élu à mon poste, j'y ai été réélu je sais pas combien de fois, et j'entends mener les choses à ma guise aussi longtemps que je réunirai assez de votes pour me maintenir là où je suis.

— En ce cas, Mc Curtain, suggéra quelqu'un d'autre, vous ferez bien d'aller de ce pas rapiécer votre enclos. Parce que vos brebis, quand elles connaîtront toute l'histoire, elles s'en iront ailleurs brouter une herbe plus appétissante.

— Alors, sheriff, ce nègre, qu'est-ce que vous en avez fait ? gronda impatiemment la première voix.

— Les gars, dit Jeff avec volubilité, j'ai pas vu ce qui s'appelle l'ombre de Sonny Clark. Croyez bien que ça me fiche une rogne de tous les diables d'être pincé dans une posture pareille, mais ça, c'est un cas de pur accident. Pour peu que vous patientez une minute...

— Tout ça, on s'en fout, Mc Curtain, déclara un troisième personnage. On veut qu'une chose, c'est ce nègre.

Corra se trouvait désormais nez à nez avec son mari. Elle le fixait des yeux comme si elle le voyait pour la première fois.

— Sheriff, si vous tenez à vous éviter des désagréments, vous cesserez de tergiverser et vous nous remettrez ce nègre dare-dare.

— Jefferson, intervint Corra, qu'est-ce que fait cette fille noire avec toi là-dedans ?

— Qui ça ? Elle ? demanda Jeff, se tournant et montrant du doigt la fille sur sa couchette.

— Pourquoi n'es-tu pas allé à la pêche comme je t'ai dit ? poursuivit Corra sans prêter attention à ses gestes.

Jeff ouvrit la bouche pour protester, mais l'un des individus masqués lui caressa les côtes avec un fusil de chasse.

— Mc Curtain, nous avons pas le temps de rester là à vous écouter vous chamailler avec votre femme, dit un homme rondement.

Il se tourna vers Corra.

— Mille pardons de vous traiter si brusquement, Mrs. Mc Curtain, mais nous avons pas de temps à perdre.

Il se retourna du côté de Jeff.

— Nous voulons ce nègre de Clark, et nous le voulons en vitesse. Vous et votre bourgeoise, vous pourrez terminer votre dispute quand nous aurons fini.

— Mais voyons, les gars, puisque j'ai pas la moindre idée...

— Allons ! Mc Curtain, assez blagué comme ça !

Jeff fit demi-tour et, l'air tout à fait perdu, regarda la mulâtresse. Celle-ci s'était recroquevillée tout au fond de sa couchette et contemplait les fusils d'un œil égaré.

— Mes amis, je vous jure que j'ai pas vu Sonny Clark, fit Jeff avec le plus grand sérieux. C'est pas de blague, les gars. J'ai mon avenir politique à considérer. Bonne raison pour m'empêcher de mentir. Vous me connaissez tout de même assez pour pas vous imaginer le contraire, hein ?

— C'est point l'heure de nous poser des questions, Mc Curtain. Parce que, cette partie-là, c'est nous que ça concerne.

Jeff essaya de voir entre les barreaux pourquoi Bert et Jim restaient à ne rien faire pendant que la prison était attaquée de la sorte. Il s'aperçut que l'un et l'autre avaient des pointes de fusil enfoncées dans les côtes.

— Voyons, les amis, voulut-il argumenter, tout le monde dans le comté de Julie sait que je suis homme de parole. J'ai pas eu d'autre programme depuis le jour où je suis entré dans la politique. Si les bonnes gens m'ont donné leur confiance à chaque fois que je me suis représenté, c'est précisément à cause de ça. Par conséquent...

— Vous serez libre de faire graver ça sur votre tombe, Mc Curtain, trancha l'un des hommes avec brutalité. Pour le moment, tout ce qui nous intéresse, c'est d'avoir ce nègre que vous cachez quelque part.

Les deux inconnus qui gardaient Bert et Jim les poussèrent le long de l'allée centrale, s'arrêtant au passage pour explorer chaque cellule avec leurs lampes de poche. Deux autres demeurèrent pour garder Jeff, et un cinquième surveillait Corra.

— Jefferson ! éclata Corra qui ne le quittait pas des yeux un seul instant. Cette idée d'aller coucher avec une négresse au beau milieu de la prison ! C'est pas l'envie qui me manque de prendre la porte et de te lâcher pour tout de bon !

— Mrs. Mc Curtain, observa l'homme derrière elle,

à votre place, je bougerais pas de là où vous êtes. Nous ne traînerons plus bien longtemps.

— Corra, dit Jeff pour sa défense, je ne sais ni d'Eve ni d'Adam comment elle en est venue à se trouver dans la cage où je suis.

Il se détourna et considéra piteusement la jeune femme.

— J'avais qu'un souci, c'est que cette affaire de lynchage reste propre politiquement. Du diable si je me doutais...

Les autres hommes étaient de retour, poussant Bert et Jim devant eux comme de vulgaires détenus.

— Où avez-vous caché ce nègre, Mc Curtain? demanda l'un d'eux. Y a moins de temps que vous ne pensez d'ici les élections. Qu'en dites-vous, Mrs. Mc Curtain?

Corra pinça les lèvres en un trait mince et serré.

— Le comté de Julie a jamais eu beaucoup de considération pour un sheriff qui dorloterait les nègres. C'est-y vrai ou c'est-y pas vrai, Mrs. Mc Curtain?

Corra choisit d'ignorer la question.

Jeff secouait la tête, la remuant négativement de droite et de gauche pour bien attirer l'attention de chacun. Il ne pouvait s'empêcher de remarquer les yeux inquisiteurs de Bert et de Jim, mais ce qui le tracassait le plus, c'était le long regard scandalisé dont le gratifiait sa femme.

— Mes amis, je vais vous dire, se lança-t-il d'un air dégagé. J'étais en route pour aller pêcher à Lord's Creek quand tout ce grabuge a commencé.

Il fit une pause et examina un visage après l'autre, prêt à céder au découragement lorsqu'il crut constater que les hommes aux mouchoirs ne se laissaient guère impressionner par son histoire. Il accentua sa prise sur les barreaux.

— J'ai été chez le juge Ben Allen, ça, c'est exact, mais j'ai fini par échouer là où vous me voyez maintenant. Quant à ce nègre Clark, j'ai pas dû m'en approcher à dix milles pour autant que je sache. Je suis pas mieux renseigné sur son compte que le premier venu.

Les hommes se taisaient. Tout en scrutant leurs faces impassibles, le sheriff faisait le vœu que nul ne songeât à lui demander par quel hasard il se trouvait enfermé dans sa propre prison, et dans la même cage qu'une fille de couleur par-dessus le marché.

— Corra, pria-t-il instamment, tu as entendu les remarques de cet homme-là. Explique-lui donc que je dis pas autre chose que ce qui est.

Corra afficha de l'ignorer complètement.

— Mais sapristi ! les gars, reprit-il en se tournant une fois de plus vers les hommes de l'autre côté de la grille, je vous donne ma parole de sheriff que j'ai pas la moindre idée de l'endroit où se cache Sonny Clark. C'est la vérité pure si jamais je l'ai dite.

Deux des hommes s'éclipsèrent. Dans la lumière du petit jour, l'intérieur du cagibi tournait à un gris terne et sale. Jeff pouvait entendre les inconnus qui s'entretenaient à voix basse. Il ne s'en soucia pas tout d'abord, mais bientôt la peur le prit qu'ils n'en fussent à discuter si, oui ou non, ils allaient l'emmener avec eux. Il regarda sa femme d'un œil suppliant, comptant sur elle pour lui porter secours.

Les deux hommes revinrent et demandèrent à Bert les clefs de la prison. Bert les leur remit sans protester. Là-dessus, ils ouvrirent la cellule de Sam Brinson et asticotèrent le nègre avec un fusil. Sam vint se déverser dans le couloir, tout grelottant d'épouvante.

— Hé ! là, minute ! s'écria Jeff, conscient de ce qui se passait. Sam Brinson a causé de mal à personne.

— On va le prendre avec nous, juste au cas où l'autre montrerait pas son blair, jeta un homme pardessus son épaule.

Sam frissonnait de la tête aux pieds, battant des paupières dans la clarté du petit matin.

— Tiens-toi là, bougre de nègre ! lui fut-il ordonné.

— Hommes blancs, pardon excuse, mon bon monsieur, je suis coupable de rien, dit Sam. Je le déclare devant le Bon Dieu, j'ai rien fait de mal ! Vous avez qu'à demander à Mr. Jeff, monsieur, s'il vous plaît. Mr. Jeff, il vous dira.

— Ferme ça, négraille !

— Minute ! minute ! protesta Jeff. Y a pas de danger que j'aille contre la volonté du peuple tant qu'il s'agit d'attraper ce nègre de Clark, mais, pour Sam Brinson, je suis prêt à le défendre n'importe quel jour. Sam, de toute sa vie, a jamais causé de mal à personne, et c'est pas moi qui permettrai qu'il lui arrive quelque chose.

— Ben ! alors, dit l'homme, qu'est-ce qu'il fiche en taule si c'est comme ça ?

— Oh ! repartit Jeff tout aussitôt, c'est purement temporaire ce coup-ci. On m'a promis, au tribunal, de rendre un non-lieu dans les poursuites contre lui et de consentir à la place une mainlevée de saisie. Sam est toujours à brocanter et troquer de vieilles automobiles. Des fois, quand il s'empêtre dans une combine d'où il peut plus sortir, je le mets sous clef pour un bout de temps, et voilà tout.

— Ces trucs d'avocat, j'y pige que dalle.

— Messieurs les blancs, proclama Sam avec ferveur, si vous tous me relâchez cette fois-ci, jamais plus je referai le commerce des machines. Je fermerai les yeux chaque fois que je verrai une machine regarder de mon côté.

— Ta gueule, négraille ! interrompit l'un des hommes en lui taquinant les flancs avec un fusil. T'as le crachoir trop grand pour ton genre de physionomie. Ça fait pas joli quand tu l'ouvres.

— Sam Brinson a rien sur la conscience qui doive lui attirer du tort, reprit Jeff avec vigueur et en élevant la voix. S'il s'est fait boucler ce coup-ci, c'est pour avoir échangé une vieille loque de bicyclette ramassée dans le dépotoir municipal contre une voiture toute bousillée qui valait juste son pesant de ferraille. Y aurait pas eu de mal à ça, sauf qu'il a hypothéqué la voiture pour trois dollars comptant. Sur ce, il a fait demi-tour et l'a troquée pour une autre vieille guimbarde qui veut même pas avancer quand on la pousse. Or, il s'est trouvé qu'il a pas pu dégager la vieille bagnole avant le coucher du soleil, vu que, dans l'intervalle, il avait fait encore demi-tour et racheté le vélo pour trois dollars. L'homme a pas voulu prendre le vieux vélo pour purger l'hypothèque ; les trois dollars étaient partis, et voilà comme quoi Sam s'est mis dans le pétrin cette fois-ci. Que la nuit soit venue une demi-heure plus tard, et il aurait eu les mains aussi propres que les gouverneurs de la banque.

Les hommes se turent un moment. Ils se regardaient l'un l'autre, faisant effort pour s'y reconnaître dans le dédale des affaires de Sam. Jeff rompit le silence :

— Y a personne qui ne sache que Sam Brinson a la toquade des vieilles automobiles, de même qu'un tas de nègres Geechee. Il est pas de la race ordinaire des costauds que vous employez dans les champs. Sam a fait le trafic des vieux tapeculs hors d'usage depuis je sais pas combien de lunes. Le mois dernier, le jury d'accusation a menacé de déclarer fondées les charges contre lui s'il n'arrêtait pas de signer des actes frauduleux quand il goupillait ses combines. Mais je lui en veux pas pour ça. Nos frères blancs font des bêtises, eux aussi, lorsqu'ils ont pas connaissance de la loi.

— Suffit comme ça, Mc Curtain, dit le plus grand des hommes en s'approchant de la grille. Libre à vous de figurer ces tripatouillages comme il vous plaira. En attendant, une fille blanche a été houspillée, et c'est aux noirs à payer la note.

Ils se mirent en devoir, avec force bourrades, de faire avancer Sam le long du passage.

— Mais nul n'a le droit de malmener ce pauvre vieux Sam Brinson du moment qu'il en sait pas plus que je ne sais moi-même ! Sam est innocent de tout ça ! Y avait déjà deux jours qu'il était à l'ombre dans la prison quand l'histoire a commencé !

— Vous avez qu'à vous grouiller, Mc Curtain, déclara l'homme, et à nous abouler l'autre compère si vous voulez qu'on vous rende celui-ci. Et si vous avez pas envie de faire ça, alors vous serez bien inspiré de garder votre salive pour l'époque des élections. Parce que c'est juste avant qu'on s'occupe de compter les votes que vous aurez le plus besoin de jaspiner.

Tous les hommes battirent en retraite dans le passage.

— Que personne bouge de sa place d'ici cinq minutes ! cria l'un d'eux en s'en allant. Et que personne se mêle de nous suivre ! Si quelqu'un essaie, y aura du pétard !

Jeff s'effondra sur sa couchette, jambes cassées par

le souci. La première chose qu'il vit fut la silhouette ocrée de la mulâtresse qui se dessinait devant lui. Il baissa le regard, contemplant d'un œil vide le ciment poussiéreux du plancher.

Corra vint se poster sans bruit aux barreaux de la grille.

— Eh bien ! le questionna-t-elle sèchement, qu'est-ce que tu as à dire en fait d'explication ?

Il hocha la tête de droite et de gauche.

— De tous les jours de mon existence, dit-il misérablement, y en a pas un où je me sois senti les fesses aussi ramollies.

Bert et Jim, qui s'étaient rapprochés à leur tour, considéraient le sheriff affalé sur le rebord de la couchette.

— Bert, allez chercher des clefs et ouvrez-moi cette grille, commanda-t-il d'un ton revêche, tout en levant les yeux. Ne restez pas là bouche bée comme une espèce d'ahuri.

— Oui, monsieur. Oui, sheriff Jeff, dit l'adjoint, s'exécutant tout aussitôt.

Bert fit jouer la serrure avec la clef de son propre trousseau. La grille s'ouvrit toute grande au grincement strident de ses quatre gonds rouillés.

La jeune mulâtresse se tint plus droite.

— Alors, c'est pas de blague que vous êtes le vrai sheriff ? demanda-t-elle hardiment. Je me disais bien que vous ressembliez au sheriff Mc Curtain, mais j'arrivais pas à comprendre comment ça pouvait se faire que le vrai sheriff soit enfermé dans la prison.

Jeff lui décocha un regard furieux.

— Oh ! miséricorde ! s'écria-t-elle en se renfonçant dans son coin.

Jeff se redressa, enfila ses souliers, et, traînant la

semelle sur le ciment grumeleux, se dirigea vers le seuil. Bert et Jim s'effacèrent comme il passait entre eux deux, la démarche incertaine. Il avait l'air d'un homme qui, en un bref quart d'heure, vient de subir toute une série d'épreuves.

— Bert, voulut-il savoir, qui a fourré cette négresse là-dedans ?

Bert mettait du temps à répondre. Il examinait le plancher.

Les yeux de Jeff se portèrent sur Jim Couch. Jim faisait une tête solennelle.

— Y a combien de temps qu'elle est là ?

— Oh ! je dirais dans les deux jours, sheriff Jeff, répliqua Jim, regardant ailleurs.

— Et qui c'est-il qui l'a amenée ?

Bert et Jim donnaient tous deux l'impression de recevoir un poids d'une tonne sur l'échine.

— Va bien falloir que quelqu'un me le dise ! Le comté vous colle un joli traitement pour répondre à mes questions quand j'ai des questions à poser. Vous prétendrez pas le contraire ?

Jim, maintenant, le regardait dans les yeux et hochait le menton.

— C'est moi, sheriff Jeff, avoua-t-il d'un air soumis. C'est moi qui l'ai amenée.

— Foutez-la dehors ! ordonna Jeff. Et vivement encore !

Bert et Jim, pénétrant dans la cellule, firent signe à la jeune femme de se lever et de décamper. Elle fila par la porte de derrière du plus vite qu'elle put.

— Je vous ai pourtant dit que je voulais que ça finisse, fit Jeff à ses adjoints en leur lançant un coup d'œil furibond.

Il vira et s'avança péniblement vers la sortie qui conduisait à son bureau sur le devant de la bâtisse.

— Si jamais je découvre une autre négresse dans ma prison, je vous flanque à la porte tous les deux.

A peine avait-il fait deux ou trois pas, qu'il ressentait la cinglante fouettée d'une main humaine s'écrasant contre sa figure. L'espace d'un moment, il avait oublié Corra. Avant de pouvoir se garder, il éprouvait le choc cuisant de deux nouvelles gifles qui vinrent retentir sur son autre joue. Il leva les bras en un geste de défense.

Bert et Jim se tapirent dans un coin.

— Vous avez toute une tripotée de comptes à rendre, Jefferson Mc Curtain ! dit Corra froidement.

Elle leva la main comme pour le frapper de nouveau, mais il logea sa tête sous l'abri protecteur de ses bras.

— Je n'aurais jamais cru que vous iriez me faire affront jusque chez moi ! Comment pourrai-je me montrer dans les rues d'Andrewjones et garder le front haut après chose pareille ?

Il épiait sa femme sous le couvert de ses bras levés. Elle le dévisageait avec une expression de colère.

— Chérie, s'excusa-t-il humblement, je me suis pas aperçu qu'elle était dans cette cage jusqu'à l'heure de me réveiller il y a un petit moment. Et puis, tu sais bien que j'ai pas touché une fille de couleur depuis la fois que tu te rappelles. Il faut me croire, chérie.

— Des fois que je vais te croire, quand je vois clair comme le jour et de mes propres yeux !

Bert et Jim sortirent à pas de loup par la porte qui menait au bureau. Ils la refermèrent soigneusement derrière eux.

— Pourquoi m'as-tu trompée en essayant de me faire avaler que tu allais pêcher à Lord's Creek, et tout ça pour te ramener en douce avec une négresse? Réponds !

— Le juge Ben Allen...

— Allons bon ! Voilà maintenant que tu vas rejeter le blâme sur ce vieux bonhomme ! lui dit-elle avec mépris.

— Chérie, c'est lui qui m'a défendu d'aller à la pêche parce qu'il se faisait du mauvais sang rapport à la pétition de Mrs. Narcissa Calhoun. Il a déclaré qu'il me fallait aller là-bas attraper ce nègre avant que...

— Ah ! y a pas de danger que vous signiez jamais cette pétition, Jefferson Mc Curtain ! Vous auriez bien trop la frousse qu'on fasse déguerpir les négresses de ce pays-ci !

— Chérie, c'est pas vrai du tout ! Je la signerai illico, cette pétition, et tu verras !

Il regardait Corra avec espoir et fit plusieurs pas vers elle.

— Tu comprends, chérie, j'avais peur de faire comme avait dit le juge Ben Allen, vu que j'étais pas rassuré sur les risques politiques si je montrais mon nez à Flowery Branch. Je voulais m'y prendre de mon mieux pour que cette affaire de lynchage reste propre politiquement. C'est pour ça que je me suis enfermé ici, avec l'idée de raconter que...

Il marqua un temps et s'efforça de mesurer son degré de succès. Mais Corra ne lui rendait qu'un regard glacé.

— Comme je disais, chérie, j'ai fait ce que j'ai fait, et puis j'allais conter au juge Ben Allen et aux bonnes gens que des inconnus avec des mouchoirs noués sur la figure m'avaient enlevé de mon auto et enfermé ici pour être bien sûrs que je ne les empêcherais pas d'attraper ce nègre. C'est la vérité pure, chérie.

Il s'interrompit, à bout de souffle.

— Vas-y ! Continue ! l'aiguillonna Corra qui remettait de la distance entre elle et lui.

— Je vois rien à ajouter, chérie. Sauf que mon système a raté, parce que ces autres individus se sont amenés y a un petit moment pour gâcher tous les plans que j'avais si bien montés à l'avance.

— Si c'est là le commencement de ton histoire à dormir debout, comment c'est-il qu'elle finit ? Tant qu'à faire, je peux aussi bien écouter le reste, attendu que je demeurerai pas sous ton toit assez longtemps pour l'entendre après que j'aurai quitté d'ici.

— Je me suis glissé dans le noir, chérie, plongea-t-il désespérément, tout en essayant de reprendre haleine afin de terminer le plus vite possible son récit. Après ça, je me suis verrouillé dans cette cage sans me douter le moins du monde qu'il y avait quelqu'un à l'intérieur. Je n'en ai rien su jusqu'à tout à l'heure quand je me suis réveillé.

Il s'arrêta et chercha des yeux Bert et Jim.

— Tu as entendu les adjoints, chérie, quand ils ont dit que c'étaient eux qui l'avaient bouclée là-dedans. Je savais pas un traître mot de la chose. Pourtant, je les ai déjà avertis bien des fois que je voulais que ça finisse. Ah ! pour le coup, je vais leur en faire voir des vertes et des pas mûres !

Corra fit demi-tour, et, sans une parole, se dirigea droit vers la porte. Elle l'ouvrit, traversa le vestibule, et, raide comme un piquet, s'engagea dans l'escalier.

Jeff la suivit, traînant les pieds à chaque pas. Il hochait constamment la tête, tout en se forçant d'avancer vers la porte. On eût dit un gros animal hirsute qui se laisse tirer de mauvais gré. Il gravit les marches derrière sa femme, se demandant combien de temps il lui faudrait cette fois-ci pour la convaincre qu'il était aussi pur de toute malfaisance qu'un toutou qui vient de naître.

VII

Ce fut vers le milieu de cette chaude matinée de juillet, trois heures plus tard, que Jeff quitta enfin la chambre du premier étage et redescendit l'escalier. Il procédait avec lenteur, lâchant lourdement un pied après l'autre sur les marches gémissantes. Ça faisait un pétard comme la dégringolade d'un sac de ferraille chaque fois que le poids de son corps allait s'abaissant de degré en degré.

Durant tout ce temps, il n'y avait eu là-haut ni cris, ni fracas de meubles. Tout ce qu'on avait pu percevoir du rez-de-chaussée se réduisait à un incessant bourdonnement, le genre de bruit que fait une seule personne lorsqu'elle n'arrête pas de discourir sans la moindre inflexion de voix. Patiemment, Bert avait veillé dans le bureau au-dessous de la chambre à coucher jusqu'à ce que ce ronron monotone l'induisît au sommeil. Il s'était même passé de son petit déjeuner pour être sous la main quand Jeff redescendrait.

Jeff atteignit la dernière marche et, traversant pesamment le vestibule, se dirigea vers la porte du bureau.

— Bert ! cria-t-il à tue-tête.

Bert bondit de sa chaise et courut à la porte.

— Oui, monsieur. Oui, sheriff Jeff, dit-il d'une voix ensommeillée.

— Bert... entama mélancoliquement le sheriff, faisant halte et fixant sur Bert un regard étrange. Bert, je donnerais mon âme pour avoir eu le simple bon sens de rester à la ferme quand j'étais jeune homme. J'aimerais fichtrement mieux à cette minute être un pauvre cul pelé de garçon de charrue que d'être tout ce que la vie politique fera jamais de moi.

— Oui, monsieur. Oui, sheriff Jeff, approuva Bert en s'effaçant pour le laisser entrer.

Jeff engagea sa massive personne dans l'étroit encadrement de la porte.

Bert se précipitait derrière lui.

— Sheriff Jeff, dit-il, il y a quelqu'un qui attend pour vous voir.

Les yeux de Jeff, à l'autre bout de la pièce, rencontrèrent ceux de Mrs. Narcissa Calhoun. Elle s'était tenue près de la fenêtre, et voici déjà qu'elle venait à lui. Jeff essaya bien de tourner les talons, mais elle l'avait rejoint sans qu'il eût trouvé moyen de faire une plongée vers la porte. Quand il la confronta de nouveau, elle avait le bras tendu et montrait du doigt une forte liasse de papiers déposés sur une chaise.

— Qu'y a-t-il pour votre service, Cissy ? demanda-t-il craintivement, les yeux lui sortant de la tête à la vue de la pétition.

Il gagna son fauteuil, se retenant des mains au bureau jusqu'à ce qu'il eût carré sa masse en une posture confortable.

— Sheriff Mc Curtain, déclara la visiteuse avec un sourire qui en disait long, je suis heureuse d'apprendre que vous avez choisi la bonne voie.

— Et en quoi faisant, Cissy ? s'enquit le sheriff, visiblement perplexe.

— Mais voyons ! sheriff Mc Curtain, en laissant prévaloir la volonté du peuple. Ah ! je suis fière de vous.

Il se demandait comment éviter le terrain dangereusement glissant où elle l'entraînait. Cissy vint s'asseoir sur la chaise disposée près du bureau.

— Ma femme m'a lu ce bouquin que vous m'avez vendu, Cissy, dit-il, l'air dégagé et la face épanouie. Elle me l'a lu ça doit faire un mois de ça, si je me rappelle. Corra...

Il s'interrompit, et, la tête penchée sur une épaule, prêta l'oreille aux faibles bruits qui lui parvenaient d'en haut.

— S'agissait de cette histoire du Christ qui se ramène sur la terre et se place comme marchand d'automobiles, à vendre des bagnoles d'occasion. Bien entendu, ça me regarde pas le moins du monde si le Christ a envie de redescendre et de faire ce métier-là. Mais, une supposition qu'on me demande mon avis, je dirais qu'il y a déjà trop de ces tape-culs tout branlants qui courent la campagne au jour d'aujourd'hui. Si le Christ veut remettre ça et vendre des machines, pourquoi c'est-il qu'il en vendrait pas de toutes neuves au lieu de ces tas de ferraille ? J'ai connu les pires embêtements de mon existence la fois qu'un type m'a persuadé d'acheter une voiture de seconde main. Je l'avais pas depuis une semaine, que le pont arrière s'est cassé par le milieu et encore, ça n'était que le commencement. Le radiateur m'a lâché en pleine route un jour que j'allais je ne sais où. Bref, j'ai eu comme ça tuile sur tuile à n'en plus finir. Tenez, prenez Sam Brinson, par exemple, l'homme de couleur. Sam gobe la mouche comme pas un dès qu'il s'agit d'une vieille guimbarde d'occasion, et tout le monde sait quels ennuis ça lui attire. Sam, sa vie durant, s'est usé la peau et les os rien qu'à tâcher de remettre quatre roues ensemble. Et qu'est-ce que ça lui a rapporté ? Nix. Sam...

Se redressant tout à coup, il promena son regard autour de la pièce. Il avait pour un temps oublié Sam Brinson.

— Qu'est-ce qui arrive ? demanda Cissy qui l'observait avec curiosité.

— Oh ! rien, dit-il. Rien d'important.

Il leva les yeux sur Bert, mais se rendit compte que Bert n'avait guère eu de chances d'apprendre du nouveau depuis l'enlèvement de Sam.

— Non, Cissy, je songeais tout juste à ce petit bouquin que vous m'avez vendu.

Il tendait l'oreille vers le plafond, s'efforçant de découvrir les bruits insolites que Corra pourrait faire dans la chambre à coucher. Il se sentait rassuré sur son compte tant que l'écho de ses mouvements lui demeurait familier. Mais il redoutait la minute où il entendrait le bruit d'une malle que l'on ferme sans rémission ou celui d'une valise qui retombe lourdement sur le plancher. Au moment de quitter Corra, dans la chambre du haut, il était raisonnablement certain qu'en la laissant pérorer à son aise, il l'avait fait renoncer à ses projets de départ. Le danger restait, cependant, que, livrée à elle-même, elle trouvât de bonnes raisons pour changer d'avis.

Il fit signe à Bert de s'approcher et lui parla à l'oreille.

— Allez donc voir si vous pouvez apprendre quelque chose sur le compte de Sam, fit-il en gardant la voix assez basse pour ne pas être entendu de Cissy. Et puis rappliquez ici en vitesse. Je me sens l'estomac tout chaviré quand je pense à ce qu'ils lui ont fait.

Bert quitta le bureau.

— Eh bien ? reprit Cissy avec quelque impatience.

— Dites donc, Cissy, demanda Jeff, se tournant vers elle et la regardant droit dans les yeux. Qui c'est-il qui l'a écrite, cette histoire du Christ qui revient sur la terre pour y vendre des bagnoles d'occasion ? Ça serait-il vous, par hasard ?

— Non, ce n'est pas moi, sheriff Mc Curtain. Je vends le livre aux gens, voilà tout.

— Est-ce que vos autres pratiques croient que le Christ est redescendu pour vendre de ces vieux tacots comme c'est raconté dans l'histoire ?

— Je ne peux pas me porter garante des brochures, dit-elle en s'agitant sur sa chaise. Mais je suis prête à défendre la Bible.

Jeff contemplait nerveusement le plafond.

— Je ne suis pas venue ici pour parler des brochures, se hâta d'ajouter Cissy.

— Alors, pourquoi c'est-il que vous êtes venue ?

— Pour la pétition.

Ce que disant, elle ne fit qu'un bond, alla chercher l'épais dossier et le déposa devant lui sur le bureau.

— Mais voyons, Cissy..., commença-t-il.

— Nous vivons des heures dangereuses, sheriff McCurtain, dit-elle en se penchant vers lui à travers la largeur du bureau. Vous savez ce qu'est le monde au jour d'aujourd'hui. Il nous faut remédier à la situation. Il nous faut envoyer tous les nègres dans cette Afrique d'où ils sont venus. Cette race-là se multiplie si vite qu'avant longtemps, quiconque a la peau blanche ne trouvera plus de place pour respirer. Les noirs...

— Voyons, Cissy, dit-il d'un air désemparé, un homme comme moi, qui exerce des fonctions politiques, ne peut se permettre…

— J'ai été élevée parmi les gens de couleur, poursuivit-elle, les yeux traversés d'une lueur fulgurante. Et je les ai toujours traités comme il faut. Mais cela, c'était avant qu'ils ne commencent à acheter ces affreuses Bibles du Jésus noir, avec des gravures qui représentent le Christ à l'image d'un nègre tout noir…

— Je vois pas que ce soit là un péché, Cissy, protesta-t-il. M'est avis que les nègres sont fondés à dire que le Christ était noir ni plus ni moins que nos frères blancs à dire qu'il était blanc. Y a pas moyen de prouver la chose dans un sens ou dans l'autre, que je sache ?

L'éclat des yeux de Narcissa était plus intense que jamais.

— Eh ! rien ne dit qu'il ait pas été noir, après tout, fit Jeff, tenant à son idée.

— Sheriff Mc Curtain, déclara-t-elle avec fermeté, vous ne remporterez plus une seule élection dans le comté de Julie pour peu que vous souteniez des opinions pareilles. Si vous ne signez pas cette pétition, si vous ne nous aidez point à renvoyer les nègres, jusqu'au dernier d'entre eux, dans ce pays d'Afrique d'où ils sont venus…

— Mais ils ne sont pas tous sortis de là-bas, Cissy, dit-il, espérant la décontenancer. Des nègres, il en est né je ne sais pas combien rien que dans la ruelle d'à côté. Le mois dernier encore, deux bébés noirs y venaient au monde…

— Je sais, coupa-t-elle d'une voix exaspérée. Mais c'est de la race noire que je parle. Nous autres blancs, nous avons tous le devoir de nous ranger derrière le sénateur Ashley Dukes et de renvoyer la race nègre en Afrique.

— Et pourquoi ça ? demanda-t-il, nullement convaincu.

— Parce que ! trancha Cissy d'un ton sec.

Ils se dévisagèrent en silence.

Jeff se demandait ce qui pouvait retenir Bert aussi longtemps. Celui-ci, espérait-il, reviendrait porteur de la nouvelle que Sam Brinson avait été relâché sain et sauf. Sans doute Sam était-il capable de retrouver son chemin ; mais Jeff comptait sur Bert pour découvrir où il était, de sorte qu'on pût l'envoyer chercher en automobile. Ça le turlupinait de songer que Sam aurait peut-être à s'appuyer une quinzaine ou une vingtaine de milles à travers marécages et autres obstacles de terrain.

Il leva les yeux au plafond, inclinant la tête sur une épaule et écoutant d'un air satisfait. Le bruit des pas de Corra s'était considérablement allégé depuis la dernière fois qu'il l'avait entendu. Il se renversa dans son fauteuil avec une sensation de soulagement.

Mrs. Narcissa Calhoun saisit la volumineuse pétition et la déposa carrément devant lui. Elle tourna la couverture et montra le texte dactylographié sur la première feuille.

— Voilà ce que vous avez le devoir de signer, sheriff Mc Curtain, lui dit-elle en indiquant la page de son doigt effilé.

— Mais voyons, Cissy... protesta-t-il sans pouvoir s'empêcher de lire les mots écrits sur le papier :

A M. le Président des Etats-Unis :

Nous soussignés, intègres citoyens animés du souci de la loi et électeurs dûment qualifiés du comté de Julie, état de

Georgie, en appelons par la présente au respecté Président de notre pays, les Etats-Unis d'Amérique, et le prions en toute déférence de renvoyer sur le continent africain, dans les plus brefs délais possibles, tous les membres de la race noire, y compris les mulâtres, les quarterons, les octavons, et, d'une manière générale, toutes les personnes qui ont une goutte de sang nègre dans les veines.

Jeff parcourut le texte une première fois, puis reprit sa lecture, pesant chaque mot jusqu'à ce qu'il en eût pleinement compris le sens.

— Rien à faire, dit-il avec force, hochant sa tête hirsute de droite et de gauche. Je suis pas en faveur d'aller chercher une combine aussi carabinée que ça. Qu'il se trouve des gens de couleur à avoir des traits déplaisants, j'y contredis point ; mais nous comptons des frères blancs, dans ce pays-ci, qui sont fichtrement plus déplaisants que n'importe quel nègre de ma connaissance. Tenez, prenez Sam Brinson, par exemple, l'homme de couleur. C'est un chenapan et un bon à rien qui passe son temps à brocanter et à troquer de vieilles loques de voitures d'occasion. Mais à part ça, c'est le meilleur compagnon que vous puissiez trouver dans l'une ou l'autre race. Ça m'embêterait fort de pas l'avoir dans les parages. Je me croirais perdu si Sam n'était plus là.

Narcissa recula, regardant Jeff avec un profond mépris.

— Seriez-vous, par hasard, de ceux qui aiment à dorloter les nègres, sheriff Mc Curtain ? demanda-t-elle à voix très haute, les yeux agrandis et étincelants de fureur.

Jeff se leva du plus vite qu'il put, repoussant la

pétition à travers la table. La liasse de papiers tomba par terre.

Le visage de la visiteuse s'empourpra de colère.

— Appelez-moi du nom que vous voudrez, c'est pas ça qui me fera changer d'avis sur les gens de couleur, dit Jeff résolument.

Narcissa se baissa et entreprit de ramasser les papiers en toute hâte. Les tenant à pleins bras, elle recula vers la porte.

— Ça m'étonnerait pas de vous, lui dit-il, que vous ayez mis en train toute cette histoire de viol et de lynchage. Comment ça se fait-il, hein ? que vous soyez le je-sais-tout dans ce qui s'est passé ? Je parierais un beau brin de galette que vous avez bourré le crâne à cette fille Barlow pour lui faire débiter sa petite affaire !

Narcissa avait gagné la porte.

— Attendez donc le jour des élections, sheriff McCurtain ! jeta-t-elle sur un ton de menace. Les électeurs vont se mettre après vous comme si vous étiez vous-même un noir de noir. Pas de danger que vous soyez jamais plus sheriff du comté de Julie ! Je m'en vais de ce pas conter au juge Ben Allen de quoi il retourne. Il saura s'arranger pour que vous n'ayez plus jamais un poste politique de tout le restant de votre vie. Attendez voir un peu !

Sans lui laisser le temps de la rejoindre, elle vira sur ses talons, franchit précipitamment le vestibule et déboucha dans la cour d'entrée. Jeff, l'ayant suivie jusque sur la véranda, la vit monter dans sa voiture et démarrer. Le pasteur Felts était à ses côtés sur le siège de devant.

Jeff rebroussa chemin à travers le vestibule et ouvrit la porte de fer qui conduisait au cagibi.

— Bert ! appela-t-il, comme il redescendait l'allée centrale, non sans jeter, au passage, un coup d'œil dans chaque cellule. C'était trop attendre que d'espérer voir Sam Brinson installé dans l'une des cages, mais il ne pouvait se tenir de regarder.

— Bert ! Amenez-vous par ici ! Bert !

Lorsqu'il eut atteint la porte de derrière, qui était demeurée ouverte, il inspecta la rue. Bert se trouvait à mi-chemin entre la prison et le prochain tournant.

— Bert ! cria-t-il en s'avançant sur le trottoir.

Bert accourut vers lui.

— Impossible d'apprendre quoi que ce soit sur le compte de Sam, sheriff Jeff, annonça-t-il, tout découragé. Il manque pas de gens pour avoir eu vent de la chose, mais personne ne sait ce qu'on a pu faire de lui. Et pourtant, j'ai demandé à tous ceux que j'ai vus.

Jeff fit demi-tour et retraversa la prison pour se rendre à son bureau. Bert le suivit docilement.

— La plupart des gens à qui j'ai parlé semblent croire que nous devons abandonner tout espoir de le revoir vivant, dit Bert. Ils déclarent que la bande, affolée de chasse comme elle l'est, ne le relâchera pas à moins de trouver Sonny Clark ; et ils pensent que Sonny s'est échappé.

On appelait au téléphone quand ils arrivèrent au bureau. Bert décrocha l'écouteur et le tint en l'air, d'un geste hésitant, en attendant les instructions de Jeff.

— Allez ! répondez, fit Jeff avec lassitude. Probable que c'est encore un de ces mirliflores de Flowery Branch qui veut que j'aille là-bas empêcher les gens de mettre la pagaïe dans son poulailler.

— Allô ! dit Bert à l'écouteur. Ici, le bureau du sheriff Mc Curtain.

Il se retourna brusquement, le visage blême.

— C'est le juge Ben Allen !

— Oh ! Jésus ! murmura Jeff, fermant les yeux comme pour implorer quelques instants de paix et de tranquillité.

Bert déposa l'écouteur sur la table et s'effaça discrètement. Jeff tira la jambe vers son bureau.

— Allô ! juge, dit-il, se forçant à parler d'un air dégagé.

— Mc Curtain, pourquoi ne vous êtes-vous pas rendu à Flowery Branch la nuit dernière en sortant de chez moi ?

— Oh ! juge, il s'est passé un tas de choses la nuit dernière, toutes faites exprès pour me contrarier. Si j'avais plus de temps, je vous expliquerais. C'était à croire que tout le tonnerre du monde se mettait contre moi. J'ai pas été empoisonné par tant de trucs invraisemblables me tombant de partout à la fois, oh ! je sais pas depuis combien de lunes.

Il y eut un long silence au bout du fil.

— *Consuetudo manerii et loci est observanda,* prononça le juge Ben Allen avec un soupir.

— Vous dites, juge ? demanda Jeff vivement.

Suivit un silence plus long encore, puis le juge Allen reprit la parole :

— Après avoir recueilli quelques rapports isolés venus de divers coins du comté, j'incline à voir les choses d'un autre œil que la nuit passée. Il est encore trop tôt pour risquer un pronostic ; mais peut-être le mieux serait-il que vous restiez coi pendant quelques heures. Au bout de ce temps-là, j'aurai des renseignements plus précis sur la situation. C'est une bonne chose que vous ne soyez pas allé à Flowery Branch. Mais je ne parviens tout de même pas à comprendre pourquoi vous n'avez pas filé droit sur la campagne comme je vous avais dit de le faire.

— C'est pas si commode que ça à expliquer au téléphone, juge. Mais je suis content qu'en fin de compte, ma présence là-bas n'ait pas été nécessaire. Je souhaite faire de mon mieux pour que cette histoire de lynchage reste propre politiquement. Si seulement Mrs. Narcissa Calhoun voulait bien ne pas se mêler...

— Demeurez où vous êtes, Mc Curtain, afin que je puisse vous mettre la main dessus quand j'aurai besoin de vous. Je ne veux pas entendre conter que vous avez fichu le camp à la pêche, ou quelque chose dans ce goût-là. Au revoir.

— Au revoir, juge, dit Jeff faiblement, en raccrochant l'écouteur.

Il se retourna et regarda Bert qui se tenait entre lui et la fenêtre. Le visage de Bert était pâle et solennel.

— Bert, dit-il, y a des fois que je sais pas si j'arrive ou si je pars. Pour peu que vous suiviez mon conseil, vous ne tâterez pas de la politique et vous résisterez jusqu'à la fin de vos jours à l'envie de faire des visites électorales. Si j'étais vous, je me chercherais une femme bien gentille et j'irais mener une petite vie pépère dans un bout de ferme quelque part.

— Et pourquoi donc, sheriff Jeff ?

— Parce que, Bert ! Parce que !

Il se leva péniblement, dégageant ses hanches qui débordaient sous les bras du fauteuil. Une fois debout, il leva les yeux au plafond, prêtant une oreille attentive aux mouvements de Corra. Tout était aussi calme et paisible qu'un crépuscule d'été. Dans l'air flottait un faible arôme de légumes bouillis. Tête renversée, narines dilatées, il le respira profondément. Puis il se dirigea vers la porte.

— Je me fais, dit-il, une bile de tous les diables à propos de Sam Brinson, l'homme de couleur. Sitôt que j'aurai cassé la croûte, je m'en vais entamer un bout d'enquête à son sujet. C'est plus fort que moi, mais je peux pas rester tranquille et lui laisser arriver quelque chose de carabiné.

Bert s'effaça devant lui. Le sheriff franchit la porte et, une fois dans le vestibule, gagna le bas de l'escalier. Il écouta un instant avant de commencer à monter les marches. Au moment précis où il mettait le pied sur le premier degré, il aperçut Corra qui émergeait de la chambre à coucher et pénétrait dans sa cuisine. Jeff continua de monter, narines frémissantes à l'odeur des haricots bouillis et du pain de maïs fraîchement sorti du four.

VIII

Shep Barlow, les yeux rouges d'insomnie, rentra chez lui ce jour-là, sur le coup de midi. Il avait disparu, tout seul, depuis la veille au soir. Sa barbe noire tirant sur le bleu, déjà vieille de trois jours à l'heure du départ, était maintenant un paillasson de poils raides. Shep, un petit homme tout en muscles, mesurait dans les cinq pieds de hauteur, et sa taille insignifiante donnait, par contraste, un aspect redoutable à sa physionomie.

Les six ou huit hommes qui se tenaient sous le magnolia de la cour lui adressèrent quelques remarques prudentes à son passage. Tous les autres avaient filé, la plupart pour ouvrir la chasse au nègre, un petit nombre pour aller déjeuner. La foule, en effet, avait fini par s'impatienter et s'irriter du retard que provoquait Shep en ne revenant pas dans des délais raisonnables. Sans doute avait-il recommandé qu'on n'entreprît rien avant son retour; mais les hommes s'étaient attendus à le voir réapparaître au lever du soleil. Un gros peloton avait donc pris le chemin du marais de l'Oconee, cependant qu'un groupe plus réduit s'orientait du côté opposé, dans la direction d'Ernshaw Ridge. Ceux qui restaient sur place manifestaient leur dégoût des manœuvres dilatoires dont on se satisfaisait encore dix-huit heures après que la nouvelle s'était répandue dans le comté.

C'est que Shep s'était flatté de trouver Sonny à lui tout seul. Il voulait se réserver la capture du jeune nègre, pour avoir le plaisir de lui nouer une corde au cou et de le traîner par monts et par vaux derrière sa voiture avant de le livrer à la foule. Mais, durant tout ce temps, Shep n'avait pu découvrir trace de Sonny.

Les hommes qui stationnaient sous l'arbre le suivirent des yeux comme il traversait la cour. Il y en eut un ou deux pour lui crier quelque chose, mais il ne détourna même pas la tête pour leur répondre. L'on devinait à sa contenance qu'il n'avait pas trouvé Sonny et qu'il était d'exécrable et dangereuse humeur.

Après avoir sauvagement gravi les marches de l'entrée et franchi la véranda, Shep jeta son chapeau sur le plancher du vestibule et pénétra dans la salle à manger.

Il s'arrêta court sur le pas de la porte. Assis à table, un inconnu était en train de déjeuner avec Katy. Shep n'en revenait pas de trouver un étranger installé chez lui, bien qu'à force de le considérer, il éprouvât le sentiment de plus en plus net d'avoir déjà vu l'homme quelque part. L'inconnu avait une longue barbe blanche qui descendait presque jusqu'au premier bouton de son pantalon. Son devant de chemise disparaissait complètement sous cette forêt de poils.

Le vieillard souleva une cuillerée de mongettes dans sa main tremblante, mais avant de la porter à sa bouche, il écarta soigneusement les poils de barbe qui lui bordaient les lèvres.

— Qui est ça ? demanda Shep, entrant lentement dans la pièce et couvrant l'étranger d'un long regard scrutateur. Qui est ce type-là, Katy ?

— Mais, papa, c'est le grand-papa Harris, répondit-elle. Tu ne l'as pas oublié, voyons ?

— Je croyais lui avoir dit de ne plus remettre les pieds chez moi, grogna Shep sans s'adresser directement à personne.

Il gagna sa chaise au bout de la table, les yeux flambants de fureur.

— D'où peut-il bien sortir ? demanda-t-il.

Il resta quelques instants derrière sa chaise avant de s'asseoir.

— Qu'est-ce qu'il veut ?

Le vieux bonhomme déposa sa cuillère et leva les yeux sur Shep par-dessus la monture de ses lunettes. Sa barbe poussait d'une drôle de façon et lui donnait constamment l'air de rigoler en douce à propos de quelque chose. De chaque côté de sa figure, le poil d'un blanc de neige s'enroulait en volutes sur ses pommettes, puis ondulait jusqu'à sa taille en plissements de blanc papier de soie chiffonné.

— Hé ! mon fils, comment va ? dit-il à Shep, se décidant enfin à parler.

Comme ça, à le regarder, il n'y avait pas moyen de savoir s'il souriait réellement ou si c'était sa barbe qui lui en donnait l'apparence. Ça mettait Shep en rogne qu'on lui fît la grimace de cette façon-là.

Shep tira violemment sa chaise et s'assit sans répondre. Il emplit son assiette de mongettes et se mit à les enfourner dans sa bouche. Son humeur ne se trouva nullement adoucie quand, ayant allongé le bras par-dessus la table, il voulut piquer de sa fourchette un morceau de pain de maïs et s'aperçut qu'il n'en restait pas une miette.

Le grand-papa Harris, avec ce que Shep interprétait comme un air de jubilation parfaitement déplacé, écarta les poils de sa barbe et avala une nouvelle bouchée de mongettes. Katy prit la parole :

— Grand-papa Harris a fait à pied tout le chemin depuis le comté de Smith quand il a appris ce qui est arrivé hier soir.

— Appris ce qui est arrivé hier soir ?

— Mais oui, papa, que j'ai été violée, tu le sais bien.

— Je crois pas qu'il y ait eu de viol dans les parages, ni hier soir, ni à un moment quelconque, dit-il d'un ton hargneux. Cette particulière qui vend des brochures de piété s'est mise de mèche avec toi pour fabriquer l'histoire. J'ai pas pu trouver trace de ce nègre qui censément a fait le coup. Vous mentez toutes les deux gros comme le bras.

Katy sentit la respiration lui manquer et regarda les deux hommes d'un air interdit. Elle ne savait que répondre.

— J'ai pas vu Katy depuis que sa mère est morte, interposa le grand-papa Harris. Quand j'ai entendu la nouvelle, je me suis mis en route tout de suite. Je voulais voir Katy une dernière fois avant de m'en aller.

— Avant d'aller où ? demanda Shep, levant les yeux sur lui.

— Avant d'aller mourir, répondit le grand-papa Harris. Je me fais pas jeune.

Shep l'étudia sans en avoir l'air, avec une lippe de dédain.

— Le fait est, dit-il, que vous êtes plutôt vieux pour courir les routes comme ça. Les anciens de votre espèce, c'est bon pour rester chez soi et ça n'en devrait pas bouger.

Il s'échauffait en parlant.

— Je vous avais pourtant bien prévenu que je tenais pas à vous revoir.

— Je me propose point de vous être à charge, mon fils, répliqua le vieillard. Avant longtemps, je m'en vais repartir pour le comté de Smith. C'est tout juste que je voulais revoir un brin la petite d'Annie. M'est avis que j'en aurai plus jamais l'occasion.

— Ça va, ça va, dit Shep. Mais que je vous prenne pas à oublier de vous en retourner !

Sur ce, il se consacra à son repas et plongea la tête dans son plat de mongettes.

Le grand-papa Harris regardait Shep et Katy tour à tour, et l'on ne savait toujours pas s'il était fâché ou content dans sa barbe. Sur ses joues, les blanches volutes semblaient tournoyer comme au souffle de la brise une rose de papier. La dernière fois qu'il était venu, la fois qu'on lui enjoignit de ne plus reparaître, il avait fait à pied tout le parcours depuis le comté de Smith pour assister à l'enterrement de sa fille. C'est ce jour-là qu'il avait menacé d'envoyer chercher le sheriff si Shep ne retirait pas du puits la dépouille d'Annie et ne lui assurait pas une sépulture convenable. Cinq minutes après la fin des obsèques, Shep l'avait chassé de chez lui avec ordre de ne plus remettre les pieds dans la maison.

— Je me propose point de causer du dérangement à qui que ce soit, dit le grand-papa Harris, grimaçant et mastiquant tout ensemble.

Il écarta sa barbe pour avaler coup sur coup trois cuillerées de mongettes.

— Sitôt que j'aurai vu Katy un tout petit brin, je plierai bagage et m'en retournerai chez moi. J'imagine guère avoir le droit de le dire, mais tout de même, mon fils, j'espère qu'il sortira rien de scandaleux de cette affaire de Katy.

Shep se redressa brusquement, faisant basculer sa cuiller sur la table.

— Nom de Dieu ! s'écria-t-il, que voulez-vous dire par là ?

— Mon fils, ça serait grandement préférable qu'on laisse au sheriff du comté le soin de s'occuper de cette histoire. Parce que l'idée me sourit pas beaucoup que la petite d'Annie ait rien à voir avec un affreux lynchage. Pour sûr que, si Annie était là, elle parlerait pas autrement.

— Vous, répondit Shep, vous allez me faire le plaisir de la boucler et de laisser ça tranquille. Personne va venir se mêler de mes affaires et me dire qu'un nègre peut violer les femmes de ma famille sans écoper pour sa peine.

Shep repoussa son assiette et se leva bruyamment.

— Voyons, mon fils... dit posément le grand-papa Harris.

Shep était à mi-chemin de la porte quand il se retourna et interpella Katy :

— La mère Calhoun, où c'est qu'elle est ?

— Elle est partie, papa. Tout de suite après le petit déjeuner. Elle a dit qu'elle avait à faire quelque part.

Il porta un œil furieux sur le grand-papa Harris. Le vieux bonhomme nettoyait et tapotait sa soyeuse barbe blanche avec son mouchoir.

— Vous, lui cria-t-il, je vous engage à me ficher la paix. Je veux plus entendre parler de remettre cette affaire entre les mains du sheriff. Si Jeff Mc Curtain vient fourrer son museau dans mon bisness, je lui ferai souhaiter de n'avoir jamais vu une urne électorale. Je descendrai Mc Curtain aussi vite et ni plus ni moins que ce noir auquel je fais la chasse.

Il se détourna du grand-papa Harris et son regard menaçant tomba sur sa fille.

— Je ne veux pas te voir prendre son parti, tu m'entends ? Je suis ton père et tu n'as qu'à m'obéir !

Katy approuva vivement de la tête, cherchant à mettre de la distance entre elle et lui.

Mais, avant qu'elle eût pu reculer, son père l'avait saisie de la main gauche et frappée de la droite. Le coup l'atteignit près de l'oreille et l'envoya buter contre le mur.

L'espace d'un moment, Shep regarda Katy allongée à ses pieds, puis il tourna le dos et s'en fut hors de la maison.

Quelques minutes auparavant, deux automobiles pleines d'hommes étaient entrées dans la cour. Visible à quatre cents mètres environ, une troisième voiture tressautait sur les ornières du chemin.

Shep s'attardait dans la cour à surveiller l'étendue des champs qu'envahissaient les mauvaises herbes. Son coton était chétif et famélique. D'ici peu, sa récolte serait si mal en point, qu'il deviendrait impossible de la sauver. Il n'était presque personne, dans ce coin du pays, qui n'eût fini de sarcler ses terres, et Shep se demandait ce que dirait ou ferait Bob Watson s'il lui arrivait de voir en cet état la récolte d'un de ses tenanciers.

Un groupe d'hommes se rapprocha pendant qu'il contemplait ainsi l'herbe de son champ.

— Salut ! Shep, le héla quelqu'un.

— Salut ! répondit-il sans les regarder.

Il y eut un moment de silence. Le soleil de midi tombait implacablement. Tous considéraient sans mot dire le coton obstrué d'herbes.

La voiture qui, tout à l'heure, s'acheminait vers la

maison venait de faire irruption dans la cour. Plusieurs individus en descendirent, porteurs de carabines et de fusils.

L'un des compagnons de Shep lui donna un coup de coude.

— Dites donc, Shep, on était en train de réfléchir, confia-t-il avec une hésitation dans la voix. Et l'on aimerait vous poser une question.

Shep pivota sur ses talons.

— De quoi ? proféra-t-il rageusement.

— Shep, vous n'avez rien dit de tout ça au sheriff, hein ?

— Foutre non ! rugit-il, transperçant du regard les visages qui l'entouraient.

La physionomie des hommes se détendit tout aussitôt.

— Eh ben ! alors, qu'est-ce qu'on attend ? s'exclama l'un d'eux en jetant sa carabine sous son bras. Si un noir s'était avisé de violer une de mes femmes, je descendrais l'un après l'autre tous les nègres du voisinage jusqu'à ce que j'aie trouvé le bon.

— Le sheriff va rappliquer avec ses limiers, prévint un deuxième. Et il escamotera ce nègre à notre nez et à notre barbe si on se grouille pas pour l'attraper les premiers.

— Ce nègre ? dit Shep. Moi vivant, pas de risque qu'aucun sheriff vienne le pincer !

— Voilà qui s'appelle parler, Shep !

Shep repoussa les hommes de la main et se dirigea vers les abords de la route où stationnaient les automobiles.

— Y a toute une bande qu'est descendue dans les marais de l'Oconee, fit un membre du groupe en le rejoignant au pas de course. Et y en a pas mal d'autres qui ont filé vers les bois, du côté d'Ernshaw Ridge. Qu'est-ce que vous comptez faire, Shep ? Ce nègre peut pas être en plus d'un endroit à la fois. Où c'est qu'il est, à votre idée ? Shep ne répondit point.

— Beaucoup en ont eu marre de poireauter quand vous êtes pas revenu ce matin. Ils se sont divisés en plusieurs paquets pour aller tâter le terrain. Moi, je suis resté planqué à vous attendre, Shep, parce que je vois ni rime ni raison à ce qu'on se chamaille dans un moment pareil.

Katy fit son apparition sur la véranda et se mit à regarder les hommes éparpillés dans la cour. Elle poussa jusqu'au haut des marches, cherchant appui contre le montant de la balustrade. Deux ou trois des hommes se retournèrent pour l'observer. Elle leur adressa un sourire.

Un individu qui était demeuré tout seul, dans l'une des voitures, en descendit et arpenta la cour à la rencontre de Shep. C'était Clint Huff, un charpentier d'Andrewjones.

— Hé ! là, Clint, faites gaffe ! lui cria quelqu'un. Vous et Shep, vous avez aucun motif de vous écharper à cette heure. Une fille blanche a été...

Clint le repoussa et continua de s'avancer vers Shep. Lui et Shep n'avaient cessé de se quereller et de se battre depuis qu'ils étaient d'âge à porter des couteaux. La fois qu'ils avaient eu leur dernière attrapade, c'était l'été précédent, au grand pique-nique annuel donné par le sheriff. Shep gardait sur la poitrine, en souvenir de l'aventure, une cicatrice de trois pouces de long.

Ils se figèrent l'un en face de l'autre, laissant entre eux un intervalle.

— Qu'est-ce qui te prend, bougonna Clint, de vouloir tout emberlificoter cette partie de lynchage ?

Tu fais des manigances pour la mener à ta guise, hein, pas vrai ?

Clint sortit son couteau de sa poche et l'ouvrit.

— Hé ! là, minute, Clint ! protesta quelqu'un en se mettant au travers. C'est pas de cette façon-là qu'on dégotera le nègre. Et puis, y a pas à chanter, chacun est libre d'essayer de l'attraper pour son propre compte.

Clint se débarrassa du gêneur. Shep, lui, se taisait toujours, mais il avait porté la main à sa poche et en tirait son couteau.

— Probable, grommela Clint, que tu caches ce nègre quelque part pour en faire cadeau à Jeff Mc Curtain.

Il tourna la tête et jeta un coup d'œil rapide aux hommes qui l'entouraient.

— Celui qui livre au sheriff un nègre trousseur de filles blanches, je dis que lui-même, il vaut pas plus cher qu'un nègre.

D'un geste sec de ses doigts, Shep fit claquer la lame de son couteau.

Leurs compagnons firent effort pour les séparer, mais Clint et Shep se refusèrent obstinément à rester à l'écart l'un de l'autre. Ils se confrontaient maintenant à moins de cinq pas.

Légèrement ramassé sur lui-même, Shep gardait une prise solide sur son couteau. Clint jeta son chapeau par terre et entama vers Shep une sorte de mouvement tournant.

Tous les hommes de la cour s'approchaient du plus près possible, certains dorénavant qu'il serait vain de vouloir les arrêter tant qu'ils n'auraient pas eu leur petite passe d'armes. Chacun était si préoccupé de surveiller les deux adversaires, que nul ne fit attention au grand-papa Harris quand il rompit l'anneau des spectateurs et se précipita au milieu du cercle. Il était trop tard alors pour intervenir, car, à ce moment précis, Clint et Shep exécutaient tous deux une plongée en avant. Le choc fit culbuter le grand-papa Harris et l'envoya rouler sur le sol.

Clint recula le premier, puis Shep. Ils ne comprenaient goutte à ce qui s'était passé. Le grand-papa Harris, cependant, restait sans mouvement depuis qu'il avait touché terre. Les hommes s'attroupèrent autour de Shep et de Clint, les écartant l'un de l'autre. Quand les deux combattants furent chacun à une extrémité de la cour, un troisième groupe souleva le grand-papa Harris et le transporta sur la véranda. Il demeurait étendu sur le dos.

— Qu'est-ce qui est arrivé au grand-papa Harris ? demanda fébrilement Katy en s'agenouillant auprès de lui.

— Il est allé se fourrer au beau milieu de la bataille, dit quelqu'un. M'est avis qu'il voulait tâcher de l'arrêter. Il a pas l'air de saigner. Il reviendra à lui dans un petit moment et en sera quitte pour la peur. Mais aussi, des vieux de son espèce, c'est pas fait pour venir s'abouler dans des endroits comme ça. Si l'un de ces couteaux lui était entré dedans, il serait pas de ce monde à l'heure qu'il est.

Clint et Shep vociféraient tous deux, mais on les maintenait à distance suffisamment respectueuse pour les empêcher de se sauter au collet. Les hommes leur faisaient la leçon, s'efforçant de les convaincre que mieux valait remiser leurs couteaux pour le restant de la journée.

— Grand-papa Harris m'est passé à côté en courant, dit Katy avec agitation. Pour sûr que j'avais pas la moindre idée de ce qu'il allait faire. J'aurais pu l'arrêter, je suppose.

Quelqu'un l'entraîna comme on soulevait le vieillard du plancher de la véranda. On le transporta à l'intérieur et on l'allongea sur un lit. Katy resta quelques instants avec lui, mais elle voulait voir les hommes de la cour et s'en retourna bientôt sur le porche.

Clint se libéra des hommes qui tentaient de le retenir et se dirigea vers son automobile. Il monta sur le siège et démarra, tout seul.

La foule se déplaça dans la cour à la suite de Shep qui regagnait la véranda. Il s'assit sur les marches en marmonnant entre ses dents.

— Dommage pour le vieux bonhomme, observa quelqu'un. Quoique, m'est avis qu'il reviendra à lui dans un moment. C'est égal, on l'aurait cru plus malin que de venir buter en plein milieu d'un bazar comme ça.

Shep ne fit pas de réponse.

— Au fait, qui c'est-il donc, le vieux bonze ?

Shep secoua dubitativement la tête.

— Bah ! c'est un accident. Ça serait advenu à quiconque aurait essayé de se mettre entre vous et Clint Huff.

Shep se leva, inspecta un moment les alentours, puis alla droit au coin de la véranda où il avait déposé sa carabine lors de son arrivée.

Sans prononcer un mot, il se hâta vers sa voiture. Tous comprirent que la chasse commençait.

IX

Les joues en feu, le cœur battant, Katy Barlow était si furieuse, que ça lui donnait envie de cracher.

Secouant les cheveux qui lui tombaient sur l'œil et les rebroussant en arrière, elle serrait bien fort ses lèvres contre ses dents. Elle eût souhaité pouvoir se changer en homme pour y réussir encore mieux.

Elle songea à toutes les différentes manières dont, si elle était homme, il lui serait possible de cracher. Elle cracherait entre ses pieds, ou par-dessus son épaule, ou bien, pfutt ! tout droit en l'air. Elle cracherait même à la figure de Leroy Luggit.

Leroy, juché dans la cabine avant de son camion tel un diable sur un trône, lui faisait de là-haut un sourire moqueur. Comme elle répondait par un regard féroce, frappant d'un pied et puis de l'autre, Leroy leva lentement la main et repoussa sur son front ses lunettes noires.

Les ronds blancs qui lui cernaient les yeux avaient une façon de contempler Katy qui ajoutait encore au sourire narquois répandu sur son visage. Leroy portait des lunettes noires pour se protéger de la poussière tout en charriant du bois depuis Ernshaw Ridge jusqu'à la scierie des terres basses de l'Oconee. Ses lunettes ainsi accrochées sur son front, il avait l'air de se gausser d'elle, non avec deux yeux, mais avec quatre.

— Leroy Luggit, je ne sais pas ce qui me retient de cracher ! lui cria-t-elle en trépignant sur la route.

Il éclata de rire, renversant la tête et tapant des deux mains sur le volant.

— Leroy Luggit, jamais de ma vie je n'ai eu une si folle envie de cracher !

Elle ne lui trouvait pour lors aucune ressemblance avec l'homme qui, huit jours plus tôt, pas davantage, lui avait donné rendez-vous au pont de Flowery Branch et fait présent d'un gros sac de boules de gomme parfumées à l'orange qu'il avait, exprès pour elle, acheté à Andrewjones.

Katy porta un pied en avant, le plaçant soigneusement sur le marchepied du camion ; puis, s'étant haussée vers Leroy du plus près qu'elle put, elle lui cracha de toutes ses forces à la figure.

Minute après minute s'écoula tandis qu'ils se regardaient dans les yeux ; mais Katy n'en avait pas moins l'impression que tous les rouages du monde s'étaient arrêtés. Elle s'étonnait de son propre geste autant que Leroy de ce qui s'était passé. Jamais auparavant elle n'avait craché à la figure de personne. Jamais même elle n'avait rêvé de faire chose pareille. Et elle ne pouvait s'empêcher de trembler à l'idée de ce qu'elle avait fait.

Lentement, il entreprit de s'essuyer avec les manches de sa chemise. Les deux bras passaient alternativement sur sa figure ; et la peau, rougissant jusqu'à la racine des cheveux, se gonfla d'un afflux de sang.

Katy fit mine de vouloir recommencer. Alors elle l'entendit fulminer contre elle comme il sautait à bas de son camion :

— Espèce de sorcière ! Espèce de sale sorcière à cheveux noirs !

Elle se mit à reculer vers le bord de la route, crachant sur lui à chaque pas.

— Je vous l'ai pourtant bien dit, que j'étais furieuse, Leroy Luggit ! clamait-elle rageusement. Personne n'a le droit de me parler comme vous avez fait tout à l'heure ! Je ne le supporterai pas ! Vous m'entendez, Leroy Luggit ?

Elle poursuivait lentement sa marche à reculons, crachant toujours à presque chaque pas.

Leroy fixait sur elle un œil flambant de colère. Sa face cramoisie était moite d'une sueur qui semblait sourdre de tous les pores de sa peau.

— Tu t'imagines être furieuse, siffla-t-il entre ses dents, mais c'est rien de rien comparé à ce que je suis !

— Si vous me faites quoi que ce soit, Leroy Luggit, lança-t-elle sur un ton de défi, j'irai le dire à papa.

Elle battit prudemment en retraite.

— Et je lui dirai aussi ce que vous m'avez fait au pont de Flowery Branch. Vous verrez un peu si je mens !

— J'ai pas peur de lui ni de personne d'autre, l'assura-t-il en ricanant.

Il continuait d'avancer sur elle pas à pas.

— J'irai le dire à tout le monde ! cria-t-elle désespérément. Je le dirai au sheriff Mc Curtain, et au juge Ben Allen, et à Mrs. Narcissa Calhoun !

— Aucune femelle ne va me cracher à la figure et l'emporter en paradis ! hurla-t-il en réponse.

Avec une célérité dont elle ne se savait pas capable, elle se baissa et ramassa une poignée de poussière. La poussière était jaune et fine, et Katy avait du mal à l'empêcher de couler entre ses doigts. Elle l'étreignit de toutes ses forces.

Leroy balançait les bras le long du corps dans une pose menaçante. Katy serra davantage encore la poignée de poussière.

— Vous n'avez pas été violée, dit-il en la regardant droit dans les yeux. Ah ! foutre non ! Tout ça c'est du chiqué. Ou bien alors, vous vous êtes tournée contre ce garçon noir parce qu'il n'a pas voulu coucher avec vous. Mais vous n'avez pas été violée, Katy Barlow !

Elle lui cracha au visage du plus fort qu'elle put.

— Bouclez donc ça, Leroy Luggit ! lui cria-t-elle.

— On devrait vous faire payer pour des menteries pareilles. Les morveuses de votre acabit, ça devrait être battu jusqu'à ce que ça en voie trente-six chandelles. J'ai une sacrée démangeaison...

Il passa un bras sur sa figure, essuyant la sueur avec sa manche de chemise.

— Vous n'avez pas de quoi me faire peur, Leroy Luggit, dit-elle, tremblant en dépit de tous ses efforts pour dissimuler son effroi. Vous n'arriverez pas à me faire peur avec ce genre de laïus.

— Tu ferais pourtant bien d'avoir peur, gronda-t-il en avançant sur elle. Parce que je vais te flanquer une fessée dont tu te souviendras longtemps !

Ne bougeant plus, elle se tenait sur ses gardes, l'œil fixé sur les mains de Leroy. Il s'approcha, et quand il fut à quatre ou cinq pieds tout au plus, et qu'elle redouta d'attendre davantage, elle lui jeta la poignée de poussière dans les yeux ; puis, tournant les talons, elle se sauva comme un jeune renard à travers le fourré de pomme-épineuse qui bordait la route.

Tout au fil de sa course, elle pouvait entendre Leroy qui la couvrait d'injures ; mais elle n'osa risquer un regard en arrière que lorsqu'elle se jugea à bonne distance de lui. Le voyant immobile sur la route, elle fit halte et se retourna. Il restait planté à l'endroit même où il s'était arrêté court quand la poussière l'avait aveuglé, et fourrageait dans ses yeux tout en pestant contre elle à pleins poumons.

Katy frémit en le regardant. Elle le devinait irrité au point de la malmener si jamais il avait pu mettre la main sur elle ; et costaud, il l'était assez pour lui faire de tout une fois qu'il l'aurait empoignée. Elle se félicitait d'avoir songé à ramasser une poignée de poussière et à la lui jeter dans les yeux. Qui sait ? il serait peut-être allé jusqu'à la tuer, là, sur la route, avant d'en avoir fini. Quand lui vint cette pensée, elle se reprit, lentement, à marcher à reculons, soucieuse d'agrandir encore l'intervalle qui les séparait.

Comme elle l'observait qui, tête baissée, s'escrimait pour ôter la poussière de ses yeux, les choses qu'il lui avait dites au début de leur entrevue, les choses qui l'avaient rendue si furieuse, commencèrent de lui remonter en mémoire, évoquant le souvenir de son attitude méprisante. Les mots dont il s'était servi sonnaient à ses oreilles un refrain exaspérant :

— Katy, avait-il dit, pourquoi t'obstines-tu à faire la catin au lieu de te chercher un homme qui te prendrait sous son toit ?

Elle se rappelait même la physionomie qu'il avait eue en disant cela. Son visage était grave et réfléchi, mais il y avait cet air de dédain sur toute sa personne...

— Moi, tu comprends, j'ai plus le loisir de te faire crédit. Je serais un couillon, après tout, d'aller me désaltérer à toutes les vieilles canettes que je vois traîner sur le bord de la route. Voilà ce que je veux dire. Tu n'es bonne qu'à faire la garce dans un champ de coton.

Le sang lui montait à la figure, rien qu'au souvenir de ces paroles.

— Tu devrais avoir honte de laisser les gens lyncher un pauvre gosse de nègre qui est aussi innocent que la lumière du jour. Si je me doutais que tu dises la vérité dans tout ça, je serais là-bas avec les autres, à le dépister. Un lynchage serait trop bon pour lui s'il y avait la moindre vérité dans tout ça. Non, mais tu ne me vois pas là-bas, en train de mordre à ce bobard, hein ?

Elle comptait bien, depuis longtemps déjà, qu'elle et Leroy allaient se marier. Tout récemment encore, ils avaient parlé de louer une maison vacante du côté d'Ernshaw Ridge et de se procurer au grand magasin d'Andrewjones, pour leur chambre et leur salle à manger, quelques meubles qu'ils paieraient à la semaine. De crainte que le père de Katy, sous prétexte qu'elle était trop jeune, ne refusât son consentement, ils avaient échafaudé plusieurs combinaisons pour filer à l'anglaise et se marier ailleurs. Chez elle, à la minute même, il y avait une robe qu'elle se faisait en secret et qu'elle rangeait, à l'insu de son père, dans un carton dissimulé sous son lit. La robe n'était guère qu'à moitié finie, mais, au fond du carton, se trouvaient six serviettes de table qu'elle avait taillées et ourlées, et deux serviettes de toilette qu'elle avait brodées. Dans un coin du carton, enveloppé d'un bout d'étoffe, était l'argent qu'elle avait mis de côté pour acheter la fine batiste de leur drap de mariage la prochaine fois qu'elle irait au magasin. Ses yeux s'emplirent de larmes. Elle les essuya pour être à même de surveiller Leroy.

Près de deux heures durant, elle avait attendu son

passage sur la route. Le soleil se couchait presque lorsqu'elle perçut enfin le bruit de son camion qui franchissait en grondant le pont de bois de Flowery Branch. Alors, elle avait bondi. Elle s'était postée au beau milieu de la route en agitant la main. Sur le moment, elle s'était imaginée qu'il paraissait content de la voir. Peu s'en fallut qu'elle ne pleurât de joie quand il lui fit un sourire et la salua d'un :

— Bonsoir, Katy !

— Eh bien ! Leroy, tu ne vas pas descendre ? avait-elle demandé dans son impatience, toute au désir de sentir ses bras autour d'elle.

A ce moment, il s'était tu. Ce silence lui avait fait peur.

— Leroy !

Elle lui souriait, bravement, essayant de cacher le désarroi qui venait de s'emparer d'elle.

C'est alors qu'il avait secoué la tête et s'était calé sur son siège. Il avait montré son mépris.

Maintenant, il était là, à quelque distance sur la route, extirpant de ses yeux la cuisante poussière jaune. Il s'était débarrassé de ses lunettes et les avait jetées n'importe où. Il semblait croire Katy non loin de lui, car il continuait à lui lancer des injures.

— Tu n'es bonne qu'à faire la garce dans un champ de coton, avait-il dit.

Voilà ce qui l'avait touchée au vif, presque autant que d'être ignorée de lui. Quand elle y songeait, cela lui mettait aux joues une chaleur sèche.

Le soleil déclinait rapidement, comme s'il eût ressenti une fatigue soudaine au terme de sa longue journée. Vers l'est, la campagne prenait déjà un aspect de fraîcheur et de sérénité. Dans le lointain, un petit nuage sombre flottait vers le couchant. Bientôt, le nuage, frappé par les rayons du soleil, se teintait de pourpre et d'or. L'espace d'un instant, tout le ciel à l'occident donna l'impression que le monde était en feu ; puis le soleil sombra à l'horizon, laissant le nuage noir et sans vie. Pour la première fois ce jour-là, il y eut un léger souffle d'air, et les branches des arbres remuèrent, faisant bruire les lourdes feuilles vertes.

Katy avait passagèrement oublié Leroy. Elle se retourna d'un mouvement brusque et le vit à une cinquantaine de mètres sur la route. Il avait relevé la tête et ne proférait plus d'insultes. Il la regardait s'ouvrir un chemin parmi les herbes qui lui montaient au genou et obliquer à travers champs pour regagner la route.

Elle savait qu'il ne voulait plus d'elle. Elle l'eût pu dire rien qu'à la façon dont son cœur était ému, rien qu'à la façon dont Leroy l'avait considérée, rien qu'à la façon dont il lui avait adressé la parole, rien qu'à la façon dont l'air qu'elle respirait venait brûler sa gorge rêche. Elle regrettait sa faiblesse, et de s'être embusquée dans le buisson pour arrêter Sonny Clark au passage, et d'avoir laissé Mrs. Narcissa Calhoun répandre par tout le pays une histoire de viol, et d'être allée sur la véranda s'exhiber aux hommes qui peuplaient la cour. Leroy savait à quoi s'en tenir sur tout cela. C'est bien pourquoi il l'avait méprisée. C'est bien pourquoi il ne voulait plus d'elle.

A présent, il était là-bas sur la route et la suivait des yeux. Marchant à reculons, elle commença de s'éloigner de lui. De quelques tapes sur son pantalon, Leroy chassa un restant de poussière ; puis il ouvrit la portière de son camion. Au moment de grimper à l'intérieur, il regardait encore Katy.

Leroy parti, elle ne tarda pas à éprouver sa solitude.

Avant même d'en avoir conscience, elle s'était mise à pleurer. Tout en se frayant un chemin vers le bord de la route, et tandis que de frais ruisseaux de larmes arrosaient sa peau brûlante, elle étendit les mains pour saisir une brassée d'herbes et de broussailles. Elle avait besoin de s'accrocher à quelque chose. La minute d'après, elle se laissait glisser à terre, la figure enfouie dans les genoux, les bras jetés autour de la tête. Jamais elle ne s'était sentie si seule. Elle sanglotait. Elle souhaitait que sa mère fût encore de ce monde pour lui offrir un refuge. Si seulement il lui avait été donné de se blottir dans les bras de sa mère, elle eût trouvé, se disait-elle, le courage de supporter une douleur si intense, que force lui était de crier. Elle pleura longtemps, secouée de hoquets, resserrant l'étreinte de ses bras et s'efforçant de ne plus songer aux objets qu'elle avait confectionnés et rangés dans le carton rouge qui se dissimulait sous son lit.

Elle tâchait d'oublier toutes les choses qui se pressaient dans sa tête. Après cela, l'unique sentiment qui subsistât, c'était le désir de renoncer à la vie. Elle eût voulu être morte. Elle regrettait de n'être pas restée sur la route quand Leroy l'avait menacée. Si elle était restée, elle ne serait pas là, affalée misérablement, et elle n'aurait pas à endurer pareille souffrance.

Le crépuscule s'était évanoui lorsqu'elle ouvrit les yeux et leva la tête. Une terreur soudaine l'envahit et la fit se dresser d'un bond. Elle observa les alentours, essayant de percer l'épaisseur des ténèbres. Peut-être était-ce l'effet d'un rêve qui lui était venu en dormant, mais elle n'en avait pas moins l'idée qu'on rampait vers elle dans le noir. Elle poussa un cri et s'enfuit sur la route, trop effrayée pour jeter un regard en arrière.

Quand elle fut à bout de forces, elle s'arrêta, le

souffle court et prêt à lui manquer. Son cœur battait contre sa poitrine avec une violence quasi intolérable. Elle scruta la route derrière elle sans pouvoir se rendre compte si, oui ou non, quelqu'un la poursuivait. Aucun bruit ne se faisait entendre, mais la sensation lui demeurait qu'un inconnu l'épiait dans l'ombre. Elle fit demi-tour et se remit à courir à toutes jambes, en criant. Elle tombait, se relevait, et retombait presque aussitôt.

Si vite qu'elle pût courir, elle n'arrivait pas à décramponner la peur qui l'étreignait. Elle gardait l'impression qu'un individu était là, dans l'obscurité, et qu'il allait surgir d'un moment à l'autre pour lui assener un coup furieux. Perdant la route dans le noir, elle s'en vint trébucher et s'étaler de tout son long au beau milieu d'un carré de ronces. Elle se mit debout tant bien que mal et reprit sa course, égratignée et sanglante, dans un effort suprême pour se libérer.

X

Après une bonne et copieuse sieste qui se prolongea sans encombre jusqu'au soir, Jeff Mc Curtain descendit dans son bureau pour voir si rien d'extraordinaire n'était survenu depuis midi. Ça faisait bien plusieurs semaines qu'il n'avait de la sorte pu s'offrir un long somme ininterrompu pendant le jour. D'habitude, quand l'envie le prenait de fermer l'œil durant l'après-midi, on le réveillait à tout bout de champ pour lui remettre un mandat ou une assignation à l'adresse de tel ou tel fermier qui vivait au diable lanlaire dans le comté.

Bert l'attendait au bas des marches. Il suivit Jeff dans le bureau.

— Rien de neuf ? demanda le sheriff.

— Rien du tout, sheriff Jeff, répondit Bert. Ç'a été le calme plat pendant tout l'après-midi. Vous n'étiez pas forcé de vous lever si vous n'aviez pas voulu. Moi et Jim, on veillait au grain.

Jeff promena les yeux autour de la pièce et ressortit à l'instant. Se sentant frais et dispos, il alla faire un tour sur la véranda.

Les lampes de la rue venaient de s'allumer et leur scintillement l'emplit du désir de retourner se coucher. Corra ne tarderait pas à se mettre au lit, et il pourrait s'étendre, avec elle à ses côtés, dans un parfait oubli des soucis du monde extérieur. Le lendemain était un samedi. Sûr comme si ça y était, il y aurait toute une nouvelle cargaison de papiers de loi à distribuer.

Bert apparut auprès de lui.

— Ils ne l'ont pas encore trouvé, sheriff Jeff, dit Bert, le faisant sursauter.

— Trouvé qui ça ?

— Mais ce garçon nègre, répondit Bert, décontenancé.

— Oh ! fit Jeff en regardant du côté de la rue.

Après un temps, il se tourna vers Bert.

— Mais Sam est de retour, hein ?

— Non, sheriff Jeff. Tout se passe comme s'il avait disparu complètement. Personne en ville n'a rien entendu dire à son sujet.

— C'est du vilain, musa Jeff. Pour du vilain, c'est du vilain.

Il gagna le coin de la véranda et leva les yeux vers le ciel. Les étoiles brillaient, nettes et drues. Il était trop tôt pour la lune.

— Et le juge Ben Allen ? demanda-t-il. Il a téléphoné ?

— Non, monsieur, dit Bert.

Jeff se taisait, plongé dans ses réflexions. Puis, au bout d'un moment :

— Ce garçon nègre, depuis le temps qu'il se balade, on aurait pu le prendre cent fois. J'aimerais diantre bien savoir ce qui met des bâtons dans les roues de cette façon-là.

— Y a jamais que vingt-quatre heures qu'il est en fuite, lui rappela Bert. Les choses ne faisaient que commencer hier au soir vers cette heure-ci. Probable qu'on l'attrapera demain matin.

— En effet, m'est avis que vous calculez juste... Mais n'empêche que j'ai l'impression d'être déjà passé par toute une semaine de tintouin. Et avec ça, y a bougrement trop longtemps que nous sommes sans nouvelles de Sam Brinson, l'homme de couleur. Ça me tracasse, cette affaire de Sam.

Bert ne répondit rien. Il attendait les instructions que Jeff pourrait avoir à lui donner.

— Ah ! je lâcherais gros pour savoir ce qui est arrivé à Sam, dit Jeff, contemplant d'un œil vague les lumières qui tremblotaient sur le pavé. Car enfin, les gens n'ont tout bonnement pas le droit d'emmener une créature humaine sans tambour ni trompette comme ça. C'est un crime puni par la loi que d'enlever un paisible citoyen, même s'il a du noir sur la figure. Sam n'avait fait de tort à âme qui vive. Il est doux comme un mouton. Il n'a jamais entrepris de faire du tort à personne.

Jeff parcourut la véranda à plusieurs reprises, fronçant les sourcils, perdu dans ses pensées. Bert restait à proximité de la porte, au cas où Jeff l'appellerait. Cinq autres minutes s'écoulèrent avant que Jeff ne cessât ses allées et venues.

— Bert, apportez-moi mon galurin, dit-il vivement, descendant les marches et se dirigeant vers son auto qui stationnait dans la rue. Je veux que vous me conduisiez à Flowery Branch. Je m'en vais faire un brin d'enquête par-ci par-là.

— Mais, sheriff Jeff...

— Allez me chercher mon chapeau comme j'ai dit !

Quand Bert, porteur du chapeau, émergea de la prison, Jeff l'attendait, installé dans l'automobile. Bert se glissa sous le volant.

— Bert, on s'en va, moi et vous, faire une petite

tournée non officielle pour traiter de quelques affaires en suspens. Ça n'a rien de politique. C'est purement et simplement des affaires privées.

Il indiqua de la main la direction de la route de Flowery Branch, faisant signe à Bert de mettre la voiture en marche.

Ils sortirent de la ville sans se presser, et, quelques minutes plus tard, ils roulaient en pleine campagne derrière un faisceau de nette lumière blanche qui repoussait l'obscurité de chaque côté de la route. Rares étaient les fenêtres éclairées, bien que la soirée fût jeune encore. A plusieurs reprises, ils passèrent des habitations où ne se révélait qu'un mince filet de clarté au ras des portes. Toutes les cases de nègres étaient closes et plongées dans le noir. On les eût dites aveuglées avec des planches et laissées à l'abandon.

Au cours de la demi-heure suivante, ils rencontrèrent plusieurs autos qui cheminaient toutes à petite allure. A un moment donné, ils surprirent un groupe d'hommes à un tournant de la route. Les douze à quinze individus qui le composaient piquèrent vers les fourrés avoisinants quand la lumière des phares tomba sur eux à l'improviste. Ils avaient tenu leurs conciliabules autour d'un feu de feuilles sèches. La fumée s'était effilochée plus loin, sur quelques centaines de mètres, et Jeff et Bert en traversèrent des rubans pendant les deux ou trois minutes qui suivirent.

Comme ils approchaient du pont de Flowery Branch, une lueur rougeâtre se dessina sur l'horizon. A la longue, ils discernèrent une masse confuse d'autos qu'on semblait avoir arrêtées en hâte et laissées là au petit bonheur. Bon nombre de ces voitures stationnaient avec leurs phares allumés. Plusieurs se trouvaient presque à hauteur du pont.

— Un moment, Bert, fit Jeff avec anxiété.

Il se redressa et fouilla l'ombre d'un regard inquiet.

— Eteignez les phares et allez-y doucement.

Ils avancèrent à une allure de tortue jusqu'à n'être plus qu'à quelques mètres des automobiles les plus proches. Personne n'était en vue, mais, du côté du pont, tout un concert de voix se faisait entendre.

— Vous croyez qu'ils l'ont pris, sheriff Jeff ? interrogea Bert nerveusement, tâchant de s'en tenir à un faible murmure.

— Qui ça ? demanda Jeff.

— Sonny.

— Que voulez-vous que j'en sache ? dit le sheriff avec impatience.

Il fit signe à Bert de se ranger sur un côté de la route. Dès qu'ils eurent stoppé, Jeff ouvrit la portière de la voiture et mit pied à terre.

— Surtout, se défendit-il, allez pas vous figurer que je m'oublie. J'entends toujours que cette histoire de lynchage reste propre politiquement. Seulement, ce qui me tracasse, c'est l'affaire de Sam.

Au lieu de suivre la route, ils firent un détour parmi les broussailles et gagnèrent un point d'où il leur était loisible d'apercevoir le pont. A cet endroit, ils ne couraient pas grand risque d'être découverts. Plusieurs individus parlaient à voix très haute. Cachés derrière un noyer, Bert et Jeff tendaient l'oreille pour saisir ce qui se disait.

Même à cette distance, ils pouvaient reconnaître certains visages familiers. Shep Barlow et Clint Huff étaient face à face au centre du pont. Le reste de la bande se pressait derrière eux.

— C'est moi qui mène cette partie de tir, criait Shep. Si personne goûte la façon dont je la mène, alors foutez-moi le camp d'ici. Ferait beau voir, nom de Dieu ! que je puisse pas la mener comme ça me chante !

Clint Huff avança de plusieurs pas.

— Qu'est-ce qui t'a pris de planquer ta bagnole en plein milieu du chemin et de boucher le passage ? demanda-t-il, hors de lui. C'est-il la manière d'attraper un nègre ? Ma bourgeoise, elle saurait y faire mieux que toi. A brailler et gueuler comme ça, tu donnes au gibier toutes les chances du monde de se débiner. Sors-moi de là cette sacré bagnole !

Clint se rapprochait toujours.

— Barlow, s'écria-t-il, sors-moi de là ta sacrée bagnole de merde ! Je compte pas rester toute la nuit à attendre que tu dessoûles. Et j'aurai tôt fait de te flanquer à bas de ce pont si tu te secoues pas en vitesse !

Jeff poussa Bert d'un coup de coude.

— Ils se chamaillent à propos de Sonny Clark, souffla-t-il dans un mumure. C'est pas la même bande qui a enlevé Sam.

Shep avait reculé jusqu'au parapet.

— Y a que moi pour mener cette partie de tir, comme c'est que j'ai dit et que je le répète, hurlait-il en agitant les bras en l'air. Tous ceux qui ont envie d'attraper le nègre, qu'ils viennent de mon côté !

Personne ne bougea.

— Je prends pas d'ordres d'un soûlard, déclara Clint. Si tu sors pas de là cette bagnole, je vais rentrer dedans avec un camion.

Les deux hommes se confrontaient désormais et la foule se tassait pour ne rien perdre du spectacle.

— En fait de chasse au nègre, dit l'un des assistants, c'est la plus crevante que j'aie jamais vue. Tout le monde qui s'engueule, et le nègre qui se cavale aussi vite que ses jambes veulent le porter... Comme façon de l'attraper, ça vaut dix !

— T'en fais pas pour Shep Barlow ! Il connaît ses oignons !

— Moi, je mets ma galette sur Clint !

— Quand même, tu parles d'un foutu système pour attraper un nègre !

— C'est pas une chasse au nègre... c'est un championnat d'engueulades !

Clint cherchait son couteau dans sa poche, mais, sans lui donner le temps de l'en sortir, Shep, fonçant comme un bélier, le jetait à la renverse. Clint alla s'étaler sur le dos.

— Hé ! là, Shep, avertit un témoin, prenez garde qu'il vous envoie pas son couteau ! Il vous étripaillerait comme un porc !

— Oh ! ferme ça. Laisse-les donc se débrouiller tout seuls. Saoûl ou pas saoûl, Shep Barlow est un type à la coule. Je l'ai déjà vu se battre quand il tenait une bonne cuite.

Le coiffeur d'Andrewjones se précipitait sur Shep, armé d'une clé anglaise. Avant qu'il eût pu frapper, un individu l'avait envoyé promener contre le parapet. Il disparut de l'autre côté, tête la première.

— Tonnerre de Dieu ! s'exclama quelqu'un, c'est tout de même pas une façon d'agir ! Foutez-moi donc ça au rancart et attendez demain ou quelque autre jour pour vous bouffer le nez. Moi, si je suis venu par ici, c'est pour aider à dépister un nègre.

Un camarade ramassa Clint et le poussa vers l'une des voitures. Quinze ou vingt hommes suivaient par-derrière.

— Alors, Shep, qu'est-ce qu'on va faire ? demandèrent plusieurs voix.

Shep se brossa et se mit en devoir de regagner son auto. Les hommes qui s'attardaient sur le pont entreprirent de discutailler entre eux, un certain nombre balançant s'ils allaient suivre Clint ou Shep.

Jeff et Bert revinrent sur leurs pas et obliquèrent à travers les broussailles jusqu'à l'endroit où ils avaient laissé leur automobile. Jeff s'affairait à franchir le fossé lorsqu'une lampe de poche fut braquée sur lui. Un groupe d'hommes l'entoura tout aussitôt.

— Que diable venez-vous foutre par ici, Mc Curtain ? demanda l'un d'eux. Ça me frappe comme plutôt drôle de vous tomber dessus là où vous n'avez que faire. Vous mijoteriez pas de flanquer un sale coup par les jambes à quelqu'un, non ?

Deux des hommes s'étaient mis à rudoyer Bert, le faisant avancer dans la direction de la route.

— Pourquoi donc, s'enquit un autre, est-ce que vous demeurez pas chez vous, en père peinard, comme le juge Ben Allen vous a dit de faire ? J'ai causé avec le juge Ben Allen au téléphone, et il m'a dit...

— Voyons, voyons, pas si vite, interposa Jeff sans pouvoir cacher son malaise. Y a pas la moindre nécessité que personne dans tout le vaste monde me comprenne de travers. Je me suis esquinté le cul à tâcher de faire que cette histoire de lynchage reste propre politiquement. C'est assez dire que je serais pas ici sous de faux prétextes. Tout ce que je voulais savoir, c'est ce qu'il est advenu de Sam...

— Sam quoi ?

— Sam Brinson, l'homme de couleur. Tout le monde connaît Sam. C'est le noir qui est toujours à brocanter de vieilles machines et à qui il arrive quelquefois de se mettre dans de sales draps, rapport aux hypothèques. Des gens sont venus l'enlever et je suis parti aux nouvelles, voilà tout.

— C'est pas une raison, Mc Curtain, pour qu'on vous trouve à fouiner dans les parages quand nous sommes aux trousses de ce nègre de Clark.

— Mais sapristi, les gars, plaida Jeff, n'allez tout de même pas chercher midi à quatorze heures. Je me suis dit que quelqu'un par ici était peut-être au courant. On l'a emmené ce matin au petit jour. Son affaire a pas la moindre chose à voir avec cette bagarre. De temps à autre, il se fourre dans le pétrin quand il vend un de ses vieux tacots sans avoir purgé l'hypothèque, mais il y voit pas malice.

— La saison est mal choisie, fit l'un des hommes, pour qu'un nègre se mette dans un mauvais cas. C'est pas sain pour le noir Brinson, ni pour aucun de ses pareils, de venir contrarier les blancs à l'heure qu'il est.

— Sam n'a jamais en tête de mal faire, protesta Jeff. Comme qui dirait, c'est chez lui purement et simplement une seconde nature que de vouloir troquer ses vieilles machines de droite et de gauche.

— Tout ça, c'est très joli, Mc Curtain, mais il est pas ici, intervint une voix bourrue. Et pour vous, j'ai rien de mieux à vous conseiller à cette heure que de repiquer à la prison d'Andrewjones.

Jeff se dirigea vers son auto garée au bord de la route. Les hommes l'escortaient de chaque côté, en silence. Jeff n'aimait guère la manière désinvolte dont certains manipulaient leurs carabines ou leurs fusils, et il les surveillait nerveusement.

Plusieurs autres personnages surgirent brusquement de l'obscurité, mais nul ne dit mot. Les visages, à la lumière, paraissaient sévères et résolus.

Bert se tenait debout dans le fossé, entouré d'une

demi-douzaine d'individus qui avaient logé leur carabine sous leur bras replié. Sa physionomie était inquiète.

— Ça va, Mc Curtain, dit quelqu'un en guise de congé. Et rappelez-vous la petite conversation que nous venons d'avoir.

Le sheriff et Bert montèrent dans l'auto. Les hommes — il y en avait bien quinze ou vingt désormais — attendirent en demi-cercle que Bert eût mis le moteur en marche et démarré dans la direction d'Andrewjones.

Bert se hasarda à parler après qu'ils eurent parcouru deux ou trois milles. Il s'était retenu le plus longtemps possible avant de dire quoi que ce fût.

— Peut-être bien, suggéra-t-il, qu'on ferait pas mal de s'en retourner tantôt à la prison. Pas moyen de savoir si Jim Couch n'a pas été appelé ailleurs, et quelqu'un devrait être là en cas de besoin.

De la main, Jeff l'invita à ralentir. Bert, la seconde d'après, s'arrêtait au bord de la route.

— Sacré tonnerre ! fit Jeff sur un ton de résolution soudaine. Il sera pas dit que je laisserai une bande de mauvais sujets m'empêcher de retrouver Sam. Ah ! ça, non ! Nous retournons pas en ville, ni maintenant ni tantôt. Je m'en remettrais jamais si quelque chose de carabiné arrivait à Sam Brinson. Restons là une petite minute à la fraîcheur en sorte que je puisse figurer les choses comme il faut. J'ai déjà décidé dans ma tête que je vais pas radiner en ville avant de savoir ce qu'a bien pu dire ce sacré noiraud. Et je lâcherai pas la partie même si ça devait me prendre jusqu'à la Saint-Glinglin.

XI

La lune surgit, claire et ronde, des noires profondeurs de la pinède. Une fine poussière jaune, soulevée par le passage de nombreuses automobiles sur les routes non empierrées, se déposait en couches successives à la surface de la plaine. Le feuillage vert sombre des fourrés en bordure de la route était maculé de cette poussière jaune ; mais, pour l'instant, sous la vive clarté de la lune, il scintillait de rosée tout en s'abandonnant paresseusement à la chaude brise d'été qui flottait sans but d'une terre à l'autre. La campagne était paisible et enveloppée d'un silence que troublait seul, de temps en temps, l'aboiement de quelque chien dans une ferme lointaine.

Assis sans rien dire auprès de Jeff en attendant qu'il plût au sheriff de reprendre la parole, Bert avait patienté près d'une demi-heure. Finalement, il tira sa montre, y jeta un coup d'œil.

— Sheriff Jeff, risqua-t-il en examinant le visage de son patron dans le reflet des phares, je suis fâché de revenir là-dessus, mais quelqu'un devrait être de service à la prison.

— Et pourquoi ça ? demanda Jeff d'un air d'indifférence.

— Le juge Ben Allen essaie peut-être de vous avoir.

S'il change d'idée et qu'il veuille nous faire faire quelque chose, il ne pourrait pas nous atteindre par ici.

Jeff donna de la main le signal de la remise en marche.

Ils roulèrent à petite allure et suivirent la grand'-route sur un parcours d'un mille et demi. Neuf à dix milles les séparaient encore d'Andrewjones, lorsque Jeff indiqua du geste qu'il voulait quitter l'artère principale et tourner dans un sentier étroit, semé de fondrières et encadré de cultures où le coton s'élevait à hauteur de genou. Bert ignorait ce que le sheriff avait en tête, mais il obéit sans discuter. Bien qu'il ne reconnût pas ce rude chemin de traverse aux méandres compliqués, il admit tacitement que Jeff savait ce qu'il faisait.

Il leur fallait passer à même un ruisseau, mais, avant d'exécuter la manœuvre, Bert s'arrêta complètement.

— Où va donc cette route, sheriff Jeff ? demanda-t-il avec anxiété.

— Vous inquiétez pas où elle va, répliqua vivement le sheriff. Continuez. Je connais chaque piste de sanglier dans le comté de Julie comme je connais le creux de ma main. Et puis, y a pas une semaine que j'étais sur cette route. Continuez.

Ils franchirent le petit cours d'eau et avancèrent cahin-caha sur l'étroit chemin pendant environ trois quarts de mille. Du fin fond d'une ravine, l'auto escalada la pente d'un mamelon, puis s'en vint faire un arrêt brusque. Le sentier se terminait en impasse contre la cloison d'une étable délabrée. Par-delà cette bâtisse croulante se profilait la silhouette d'une case à deux pièces.

Jeff ouvrit la portière et descendit sans que Bert eût pu placer un mot.

Bert enjamba à la suite de Jeff un unique fil de fer barbelé qu'on avait tendu depuis l'étable jusqu'à un pommier dans le coin de la cour. Le fil de fer était couvert de rouille et grinçait au toucher. A l'intérieur de cette clôture, s'éparpillaient les débris de vieux tacots, de douzaines d'entre eux selon toute apparence, à tous les degrés possibles et imaginables de démolition. L'éclat de la pleine lune les faisait ressembler aux carcasses osseuses d'autant de poulets dont la chair aurait été dévorée.

Quelques-unes de ces épaves gisaient sur le flanc ; d'autres avaient les quatre fers en l'air, ainsi que des tortues renversées sur le dos. Des vestiges de sièges en lambeaux, des pistons et des arbres corrodés jonchaient le sable de la cour comme si on les eût lancés des automobiles et oubliés là. Les phares de la voiture du sheriff inondaient d'une chaude lumière rougeâtre une pyramide de volants incrustés de rouille.

Jeff se frayait un chemin à travers la cour.

— Qu'est-ce que c'est que ça, sheriff Jeff ? demanda Bert, courant après lui et le rejoignant au moment précis où il allait atteindre la porte de la case.

— Ça, c'est l'endroit où vit Sam Brinson quand il est chez lui, dit Jeff, se tournant vers Bert et le considérant avec surprise. Je croyais que c'était su de tout le monde.

Jeff acheva d'aller jusqu'à la porte.

— Je viens voir si ces cocos-là l'auraient pas relâché sans que j'en aie eu connaissance.

Il frappa sur le panneau.

— Hé là ! appela-t-il. Hé là !

On ne discernait aucun bruit de l'intérieur. Aux fenêtres, les volets de bois étaient hermétiquement clos. Pas le moindre filet de lumière ne transparaissait sur le seuil.

Jeff donna du pied contre le bois mince du bas de la porte. L'habitation en fut toute ébranlée.

— Hé là ! appela-t-il plus fort.

Il baissa la tête et se mit aux écoutes à travers une fente. Les deux hommes percevaient distinctement, dans quelque recoin de la pièce, le bruissement d'une paillasse de balles de maïs. L'instant d'après, une chaise dégringola par terre quand on s'en vint cogner dedans.

Jeff fit un pas en arrière, tournant vers Bert un visage épanoui.

Bientôt, la porte s'entr'ouvrit d'un pouce, sans plus. Impossible de distinguer qui que ce soit.

— C'est-il toi, Sam ? demanda Jeff plein d'espoir, se penchant en avant et tâchant d'apercevoir la tête noire par l'ouverture.

— Qui est là ? susurra faiblement une voix de femme.

— Je viens voir si Sam est chez lui, dit Jeff en faisant effort pour donner à sa parole un accent amical. Je suis le sheriff Mc Curtain, d'Andrewjones.

La porte se referma précipitamment, faisant trembler toute l'armature de la case.

Pendant quelques secondes, ils restèrent à contempler la porte fermée, puis Jeff tambourina lourdement sur les planches. Il recula et attendit une réponse, mais en vain.

— C'est-il la femme de Sam ? cria-t-il. C'est-il vous, tante Ginny ?

— Et d'où vient que vous ayez envie de savoir ça ? questionna-t-elle avec méfiance.

— J'essaie de retrouver Sam, tante Ginny, s'empressa d'expliquer le sheriff. Sam, de ce moment, il est pas à la prison.

La porte s'ouvrit d'un seul élan. L'on vit sortir la luisante tête noire de tante Ginny. Elle examina Bert et Jeff d'un œil soupçonneux, tout en pinçant sur sa poitrine sa chemise de nuit de cotonnade rouge.

— Sam m'a envoyé dire comme quoi il était sous clef dans la prison, déclara-t-elle fermement.

Elle fixait les deux hommes blancs avec un profond sérieux.

— Il y est donc pas comme il avait dit ?

Jeff secoua lentement la tête. Alors, tante Ginny :

— J'étais à étudier comment je pourrais me récolter cinq dollars, un cautionnement que vous appelez ça, pour tirer Sam de la prison ; mais si cet homme-là me conte des balivernes, je serai pas longue à lui faire lécher le parquet quand je mettrai la main dessus...

Elle s'interrompit brusquement pour reprendre haleine. Resserrant son emprise sur l'encolure de sa chemise de nuit, elle se pencha au dehors et jeta un coup d'œil dans la cour.

— Y a pas de petite garce à la peau café au lait qui va venir m'enlever mon homme. Quand je mettrai la main sur ce Sam de malheur, je t'y donnerai une de ces volées de bois vert, que ça lui logera un peu de plomb dans la cervelle.

— Vous y êtes pas exactement, tante Ginny, glissa Jeff avec précaution. S'agit pas d'histoires de femmes ce coup-ci. Sam a été emmené par une poignée d'hommes blancs. C'est pour ça que je suis là à chercher après lui.

Tante Ginny se retint à la porte avec sa main libre. Les yeux avaient l'air de lui rouler dans la tête.

— Jésus miséricorde ! s'écria-t-elle. Vous voulez-t-il

dire que ce diable d'homme est allé se fourrer dans un mauvais cas tout de même qu'a fait ce Sonny Clark ?

— Non, l'assura Jeff, c'est rien du tout de la sorte. C'est simplement que Sam a été emmené. Par pure erreur, ou tout comme.

Il y eut un temps de silence. Tante Ginny, serrant toujours autour de son cou le vêtement de cotonnade rouge, reculait vers l'intérieur de la case.

Sa tête reparut tout à coup.

— Et vous dites que, cette fois-ci, c'était pas non plus rapport à une automobile ?

— Non, lui répondit Jeff. Sam a été emmené je sais pas où dans une espèce d'embrouillamini. Je veux pas que rien de carabiné arrive à Sam, et c'est pour ça que je suis venu ici chercher après lui.

Il fit quelques pas en arrière.

— Des fois qu'il se montrerait, dites-lui que j'ai dit de me prévenir tout de suite. Je vais me faire de la bile à son sujet s'il se montre pas bientôt.

— Entendu, sheriff, promit-elle, je lui dirai ce que vous avez dit. J'y répéterai tout ça mot pour mot.

Les deux hommes firent demi-tour et s'éloignèrent de la case. Tante Ginny cria après eux :

— Quand c'est-il donc que les blancs vont laisser les gens de couleur libres d'exister ? demanda-t-elle, se détournant sans attendre la réponse de Jeff.

La porte se ferma avec un claquement.

— Sacrédié ! éclata Jeff, je voudrais pourtant bien que les gens me causent pas tant d'embêtements ! On dirait qu'ils le font exprès, de me créer des embêtements à n'en plus finir. Un homme de mon âge, à cette heure de la nuit, ça devrait être à roupiller dans son pieu au lieu de courir la campagne pour essayer de remettre les choses d'aplomb. Y a pas un brin de bon sens dans tout ce bazar.

Il traversait la cour à pas comptés, se faufilant parmi les autos et s'aventurant prudemment sur des piles de pare-chocs tout rouillés et de pneus hors d'usage. Comme il frôlait le châssis renversé d'une des vieilles voitures, il s'arrêta une seconde pour y poser la main. Des écailles de rouille s'effritèrent dans ses doigts lorsqu'il le tapota doucement.

— Y a pas à dire, mais Sam, il aime bien avoir des machines tout autour de lui, hein ? remarqua-t-il avec admiration. Si j'avais du pèze, la première chose que je ferais, ça serait de lui payer une machine qui marche comme il faut. Ça serait un noir bougrement heureux s'il en avait une dans laquelle il puisse circuler, hein, qu'en dites-vous ?

Bert fit oui de la tête, préoccupé de savoir si Jeff allait rentrer en ville. L'idée le tracassait toujours que le bureau du sheriff fût déserté à une heure pareille.

Il vint se placer aux côtés de Jeff.

— Supposez que le juge Ben Allen...

Jeff fit un geste brusque comme pour l'écarter.

— Je prends les choses sur moi, mon fiston, déclara-t-il avec assurance. Je peux tout simplement pas me croiser les bras sans tâcher de rien faire pour Sam Brinson.

— Mais...

— Y a pas de *mais* qui tienne, mon fiston, dit-il d'un air étrange. Sam Brison est une espèce d'ami spécial à moi, même si c'est un homme de couleur. Je pourrais tout bonnement pas souffrir qu'il lui arrive du vilain.

— Et qu'est-ce que vous comptez faire, sheriff Jeff ?
— Chercher, mon garçon. Chercher jusqu'au bout, répliqua le sheriff, évitant les yeux de Bert et poursuivant son chemin, à l'aveuglette, vers son automobile.

XII

Shep Barlow, la poche alourdie du poids de son pistolet, dévalait au pas de course l'étroit sentier qui conduisait au quartier nègre de la plantation de Bob Watson. Il avait six ou sept hommes à ses talons, et le reste suivait derrière à moindre allure. Shep manifestait une telle hâte d'arriver, qu'il n'avait pu attendre le gros du peloton. Il s'était mis à courir aussitôt franchie la palissade à quelque cent mètres de là.

Toute la troupe maintenant débandée avait coupé à travers champs après avoir quitté la grand-route à trois milles du village nègre. Par précaution, l'on évita le chemin qui passait devant la maison et les remises de Bob Watson. Bob Watson, en effet, avait signifié sans retard son intention de tirer sur le premier venu qu'il surprendrait à l'intérieur de ses terres en train de donner la chasse à Sonny Clark. Pour l'heure, nul ne savait au juste où se trouvait Bob Watson, mais Shep et sa bande avaient résolu d'opérer une rapide descente sur le quartier nègre avant qu'il pût s'y opposer. Shep ne manquait pas de bravoure lorsqu'il était avec ses pareils, mais il nourrissait une peur invétérée de son propriétaire. Plus d'une fois, Bob Watson avait menacé de le renvoyer de la plantation s'il ne prenait pas meilleur soin du coton dont il était responsable.

Shep et ses compagnons ralentirent au pas de marche quand ils eurent atteint la première case du village. Ignorant quelle habitation était celle de Sonny, ils en dépassèrent plusieurs sur la pointe des pieds. Pas un reflet de lumière ne se laissait entrevoir dans les maisons ; toutes semblaient abandonnées. Les solides volets de bois étaient hermétiquement rabattus sur chaque fenêtre du village, et, comme le découvrit à l'essai plus d'une main furtive, toutes les portes étaient barricadées.

Shep parlementait à voix basse avec l'un de ses acolytes, la question étant de savoir dans laquelle des douze ou treize cases ils entreraient d'abord. Leur hésitation fut de courte durée, et ils décidèrent d'en choisir une au hasard. Toute la bande, sans bruit, s'égailla autour du bâtiment.

L'habitation dûment cernée, l'un des hommes essaya la porte de devant. Elle était fermée au verrou. Tirant son pistolet et le plaçant contre le trou de la serrure, il fit feu. La porte s'ouvrit toute seule.

Plusieurs hommes se ruèrent à l'intérieur, éclairant la pièce à l'aide de leurs lampes de poche. Le reste poussa, joua du coude et réussit en majeure partie à franchir le seuil. D'autres encore forcèrent les volets de bois et escaladèrent les fenêtres.

Un nègre et sa femme, les yeux exorbités, étaient blottis côte à côte dans l'unique lit de la chambre. Ils se serraient d'épouvante à l'abri d'un couvre-pieds.

Shep s'avança vers le lit et arracha le couvre-pieds qui coula par terre.

— Eh ! le nègre, comment t'appelles-tu ?

— Luke...

— Luke, et puis quoi ?

— Luke Bottomly, monsieur, sauf votre respect, répondit le nègre, frissonnant.

— Ce nègre, Sonny Clark, où c'est-il qu'il habite ?

— Qui ça, monsieur, s'il vous plaît ?

— Tu m'as compris, tu n'es pas sourd, sacré fils de putain de négresse ! hurla Shep, s'emparant du fusil de l'un de ses voisins et gratifiant sa victime d'un bon coup de crosse sur le crâne.

L'homme recula au fond du lit, entraînant sa femme avec lui.

— Réponds-moi cette fois-ci, dit Shep.

— Sonny Clark habite avec sa grand-mère, Mammy Taliaferro, un peu plus haut sur la route, patron blanc, monsieur, sauf votre respect, haleta le nègre.

— Quelle maison ?

— Deux maisons en remontant, de l'autre côté de la route, fit Luke avec empressement.

D'un seul mouvement, les hommes se précipitèrent vers la porte. Avant d'y arriver, Shep s'arrêta, se retourna et considéra les deux noires créatures. La moitié de la bande avait déjà quitté la case et gagné la route.

— M'est avis que je vais rester là, annonça Shep d'une voix claironnante. Parfaitement ! Je m'en vais rester là pour me rendre compte si ce nègre dit vrai. Y a pas beaucoup de noirs qu'ont osé me mentir dans mon existence. Ça me procure comme qui dirait de drôles de démangeaisons quand un noir me refile des boniments.

Luke et sa femme, secoués de frayeur, s'étaient réfugiés à l'extrémité du lit, tout contre le mur. La monture branlante craquait et tremblait.

— Oui, mon négro, je reste là pour savoir si tu m'as menti, répéta Shep en revenant vers le lit.

S'étant approché jusqu'au chevet, il promena un pinceau lumineux sur la forme noire et découverte de la femme.

— Et y aura pas longtemps à attendre, ajouta-t-il en ricanant.

Parmi les hommes qui étaient demeurés, quelques-uns fourrageaient bruyamment dans la pièce voisine, un appentis meublé d'un fourneau et d'une table.

— C'est ta femme qu'est là au plumard avec toi ? s'informa Shep.

Luke fit « oui, oui » de la tête, comme un pantin. Ses lèvres s'ouvrirent et se fermèrent à plusieurs reprises sans pouvoir émettre le moindre son. Il fixait un œil terrifié sur les visages qui l'entouraient.

— Eh bien ! qu'est-ce que tu dirais s'il prenait fantaisie à quelqu'un de venir la violer ? demanda Shep, quêtant l'approbation de ses compagnons pour ce trait ingénieux.

— Pour sûr que je détesterais ça, patron blanc, fit l'autre d'une voix rauque.

— Pa-arbleu que tu détesterais ça, psalmodia Shep en veine de sarcasmes. Ça te ferait tellement râler que tu attraperais un fusil et que tu tirerais sur ce type-là la première fois qu'il se présenterait. Hein, pas vrai ? Tu tirerais dessus même si c'était un homme blanc, hein, pas vrai ?

Luke implorait du regard le cercle de visages blancs qui s'était formé autour du lit. Il secouait machinalement la tête.

— Je ferais pas de mal à un homme blanc, oh ! non, monsieur, sauf votre respect, articula-t-il dans un murmure fervent.

La femme couchée à ses côtés se recroquevillait et se serrait contre lui comme pour lui demander protection.

— Où est Sonny Clark ? tonitrua Shep en projetant les rayons de sa lampe dans les yeux du nègre. Où c'est-il donc qu'il se cache ?

— Je sais rien du tout sur le compte de Sonny, se défendit Luke. Pardon, monsieur, mais je sais rien de rien.

— T'as pourtant entendu dire qu'hier au soir, il avait violé une fille blanche, non ?

— Oui, j'ai entendu parler de ça, mais je sais rien de rien sur la chose même. J'ai pas vu Sonny depuis avant-hier. C'est la vérité pure, patron blanc !

Un individu fit irruption dans la pièce, balançant entre ses doigts une planche qui avait l'aspect d'une douve de barrique.

— Allez ! commanda-t-il, ouste, le nègre, retourne-toi !

Luke leva un œil suppliant sur les autres figures au chevet du lit. Il eut un mouvement pour se retourner, mais s'arrêta, hésitant.

— Je vous en prie, implora-t-il, monsieur, patron blanc, ne faites pas ça ! Je n'ai rien fait pour être battu. Pardon, monsieur, mais j'ai rien fait !

— T'es un noir, oui ou non ? le rabroua quelqu'un.

Une main s'avança par-dessus le lit et déchira violemment la chemise du nègre. Luke et sa femme se blottirent l'un contre l'autre, cherchant à protéger leurs corps de l'atteinte des blancs.

— Patron blanc, j'ai rien fait pour être battu. Je me suis jamais mêlé de ce qui me regardait pas. Si j'avais fait quoi que ce soit pour être battu, j'aurais rien à redire. Mais j'ai rien fait que je sache pour me valoir d'être battu. Messieurs les blancs, je vous jure, c'est la vérité !

— Ecoute, le nègre, tu vas fermer ça, ou bien, si tu

continues à baragouiner, tu t'attireras la pire frottée qu'un noir ait jamais reçue !

— Mais, messieurs les blancs...

— Tourne-toi comme je t'ai dit !

Luke se mit à plat ventre tout en jetant un regard de côté sur les visages qui le dominaient. La planche le cingla vigoureusement, rendant un son qui, à chaque retombée, arrachait à la femme une exclamation étouffée.

— Messieurs les blancs, s'écria-t-il, je vous en supplie, ayez pitié de moi !

— Oh ! ta gueule, négraille !

La planche remplissait la pièce d'échos toutes les fois qu'elle frappait le corps du nègre.

Après une quinzaine ou une vingtaine de coups rudement assenés, Luke reçut l'ordre de se mettre debout sur le parquet. Il se leva et resta, l'échine courbée, à proximité du lit.

Quelqu'un entreprit alors de taquiner la femme avec le canon d'une carabine. Elle se cachait la tête sous l'oreiller, en pleurant.

— Patron blanc, je vous prie, battez-moi encore si vous voulez, offrit Luke, de l'accent du désespoir, lorsqu'il se retourna et vit sa femme qu'on asticotait avec la carabine. Mais ne lui faites rien à elle. Elle a rien fait de mal. Je vous en prie, monsieur, ne lui faites rien à elle !

— Ces nègres à Bob Watson, combien de fois faudra-t-il leur dire de la boucler ? prononça une voix dans l'assistance. Ma parole, ils ont jamais l'air d'écouter ce qu'on leur dit.

Pendant qu'on faisait valser la femme avec la pointe de la carabine, l'un des spectateurs s'approcha du manteau de la cheminée et en rapporta une bouteille à demi pleine de térébenthine.

Le reste de la bande se pressa autour du lit pour mieux voir.

— Messieurs les blancs, s'écria Luke, qu'est-ce que vous machinez donc de lui faire ?

— Je croyais t'avoir dit de fermer ta sale gueule de merde, non ? vociféra Shep, virant sur ses talons et aplatissant le nègre contre le mur avec une crosse de fusil.

L'attention du groupe se tourna de nouveau vers la femme. On la força de s'étendre de tout son long sur le dos, après quoi la bouteille de térébenthine lui fut vidée sur le ventre. Tout d'abord, elle tressaillit nerveusement ; puis, comme le liquide commençait de la brûler, elle se mit à hurler de douleur. On l'empêcha de rouler à bas du lit et l'on s'immobilisa à la regarder. Elle poussait des plaintes déchirantes et s'égratignait avec ses ongles, tant et si bien que la peau ne tarda pas à saigner. Luke tenta de s'approcher d'elle, mais on l'envoya promener à l'autre bout de la pièce.

Ils étaient tous auprès du lit, curieux de voir la femme se crisper et se tordre, quand les hommes qui étaient partis aux nouvelles dans la case de Sonny revinrent en hochant la tête.

— Ce nègre, déclara l'un d'eux, il m'a tout l'air de s'être jamais montré chez lui hier au soir. Mammy, là-bas dans la case, bafouille comme si elle savait rien de rien sur son compte. J'imagine pas qu'elle mente. Une vieille peau noire de son espèce, ça va pas s'amuser à mentir dans un moment pareil. Elle en a trop vu au cours de son existence pour se laisser empêtrer à faire des menteries. Elle dit qu'elle sait rien de rien sur le compte de Sonny.

Tous ceux qui arrivaient à l'instant de chez Mammy Taliaferro se précipitèrent vers le lit et contemplèrent les mouvements désordonnés de la négresse sur sa couche. L'odeur de térébenthine était si forte, qu'ils n'avaient nul besoin d'explications pour comprendre ce qu'on lui avait fait. Ils demeuraient là, bouche bée, à observer les convulsions de cette forme nue.

Shep fut le premier à se détourner et à s'éloigner du lit. La plupart des autres le suivirent au dehors et dans la nuit. Il s'avança lentement jusqu'au milieu de la route, regardant à droite et à gauche de l'air de ne savoir où porter ses pas. Sa colère montait. S'il était une chose qui lui tînt au cœur, c'était de trouver Sonny avant que Clint Huff et sa bande pussent mettre la main sur lui. Or, il redoutait que Sonny ne fût appréhendé quelque part ailleurs — et lynché — sans que lui, Shep, eût rien à voir à l'affaire. Les hommes qui avaient quitté à sa suite la case de Luke Bottomly attendaient de connaître sa décision.

A assez grande distance se faisaient entendre de faibles bruits venant de la direction de Needmore. Needmore était un hameau, à un croisement de routes, en contre-bas d'Ernshaw Ridge et dans la partie nord-est du comté. Shep mit sa main en cornet autour de son oreille et tâcha de découvrir la nature de ce bruit. Incapable de discerner des voix humaines, il cessa dès lors d'y prêter attention.

Quelques membres de sa troupe déambulaient sur le chemin, en face des cases, et conversaient entre eux à voix basse. Soudain, Shep courut à l'une des habitations sans lumières et enfonça la porte à coups de pied. Le fracas fit accourir toute la bande.

— Bonne idée si on tirait du dodo tous ces nègres à

Bob Watson et si on leur pompait tout ce qu'ils savent, conseilla un homme, s'adressa à Shep.

Shep l'écarta, ignorant la suggestion. Il avait d'ores et déjà résolu de ne plus s'attarder longuement dans le village. Franchissant à la hâte le seuil de la case, il explora la pièce en décrivant un rapide arc de cercle avec la main qui tenait sa lampe de poche. Une demi-douzaine d'autres lampes s'allumèrent cependant que les compagnons de Shep se ruaient à l'intérieur.

Il n'y avait qu'une personne dans la case, une jeune négresse qui poussa un cri perçant et fit le geste de se cacher derrière une couverture.

Shep, d'une secousse, fit choir l'objet protecteur. La femme se mit sur son séant, le cœur battant d'épouvante.

Elle était de peau claire et toute jeunette encore. Ramenant ses pieds sous elle, elle recula insensiblement vers le coin le plus éloigné.

On lui arracha sa chemise qu'on jeta de côté. Quelqu'un au spectacle qui s'offrit, laissa échapper un sifflement d'admiration.

— Où est ton homme ? demanda Shep en se rapprochant.

— Il travaille à la scierie, près du marais, répondit-elle dans un rauque murmure.

Elle paraissait avoir de seize à dix-sept ans. Son corps était rond et svelte.

— Tu feras bien de ne pas me mentir, la prévint Shep. Ça fait combien de temps qu'il travaille à la scierie ?

— Monsieur, je ne mens point, dit-elle en se protégeant étroitement avec ses bras. Il travaille là-bas depuis un an.

— Comment s'appelle-t-il ?

— Amos Green.

— Il vient donc jamais à la maison ?

— Si, monsieur. Il vient tous les samedis soir sans faute.

— Où c'est que se cache Sonny Clark ?

— Qui ça ?

— Sonny Clark. Tu m'as entendu le premier coup.

— Je sais rien de rien sur Sonny Clark, ça, je peux le dire. Je l'ai pas vu du tout.

— Je te demande pas si tu l'as vu, espèce de moricaude, lui remontra Shep avec humeur. Je te demande où il est.

— Mais je sais pas où il est, répliqua-t-elle vivement, la voix presque étranglée de peur.

Shep tourna les talons et s'en vint vers la fenêtre. Dès qu'il se fut éloigné, ses compagnons prirent sa place et poussèrent la jeune femme au milieu du lit.

— Tu trouves ça bien, toi, que les nègres violent les filles blanches ? interrogea quelqu'un.

— Non, monsieur, répondit-elle, je trouve pas ça bien.

— Si ton homme violait une fille blanche, tu lui souhaiterais une balle dans la peau, hein, pas vrai ?

— Vous voulez pas dire qu'Amos s'est mis dans un mauvais cas ? s'exclama-t-elle d'un air éperdu.

Elle implorait du regard les visages à son chevet.

— Pourquoi que tu réponds pas à ce que je t'ai demandé ? fit l'homme en lui bourrant les côtes avec sa carabine.

— Oui, monsieur, pleurnicha-t-elle, je souhaite comme vous avez dit.

Une lueur soudaine rougeoya au dehors. Shep bondit vers la porte et disparut en courant. Les autres coururent aussi.

— Y a le feu quelque part ! cria l'un d'eux.

Une fois sur la route, ils constatèrent que des flammes s'élevaient d'un poulailler derrière la case d'en face. Quelques-uns, se précipitant, entreprirent de piétiner les planches embrasées. Mais le feu était désormais si avancé, qu'il leur fut impossible de l'arrêter. La plupart battirent en retraite et se bornèrent à regarder la cabane brûler de fond en comble. Trois ou quatre contournèrent subrepticement la case pour rentrer dans l'habitation, de l'autre côté de la route, où ils avaient laissé la jeune femme quelques instants auparavant. Ils se glissèrent à l'intérieur et, sans bruit, refermèrent la porte. Nul ne s'aperçut de leur absence.

— Qui a mis le feu à ce truc-là ? demanda Shep, prêt à repartir.

Il n'obtint pas de réponse.

— C'est pas en allant mettre le feu par-ci par-là qu'on attrape un nègre, observa-t-il hargneusement. Y a rien de tel pour les faire se carapater. Celui qui a fait ça, on aurait pu le croire plus malin.

Il s'éloigna avec une mine de dégoût. Les autres attendirent que le poulailler se consumât jusqu'au sol ; puis, quand la dernière flamme eut achevé de s'éteindre, ils enfilèrent la route à la suite de Shep. Personne ne souffla mot que le village nègre ne fût déjà loin derrière.

— Il commençait d'être temps qu'on mette les pouces à un nègre, remarqua enfin l'un des hommes. Il y a une semaine de ça, j'étais dans un magasin d'Andrewjones, et du diable si un grand gaillard de nègre s'est pas amené avec plus d'argent dans sa poche que je n'en ai eu dans la mienne durant tout l'été... Ça m'a foutu une sacrée rogne, de voir un nègre comme lui plus rupin que je n'étais. Voilà l'embêtant par les temps qui courent. Ils se font autant de galette qu'un blanc, et quelquefois plus. Merde alors ! nous sommes dans un pays de blancs, tout de même ! Il sera pas dit qu'un noir sortira un paquet de fafiots plus gros que le mien sans que j'y fasse quoi que ce soit. C'est pas juste !

— Signe donc cette pétition pour renvoyer les nègres, lui cria une voix à l'arrière du cortège. C'est la façon de les bazarder.

— Je suis pas en faveur de cette couillonnade, répliqua l'homme bruyamment. La meilleure façon, c'est juste comme j'ai dit. En nouer un au bout d'une ficelle un fois de temps en temps. Ça les remettra tous à leur place. Foutre ! s'il n'y avait plus de nègres dans le pays, je sais pas ce que je ferais sans eux. Et puis, ajouta-t-il, se retournant et forçant la voix, qui donc s'appuierait tout le boulot, du jour qu'on mettrait les nègres à la porte ?

Personne n'offrit de réponse à cet argument. La troupe cheminait en silence, chacun débattant à part soi ce que serait un pays où il n'y aurait plus de noirs pour accomplir les durs travaux. Nul ne se souciait de discuter une éventualité aussi extrême.

Brusquement, à un mille environ du village, Shep et les trois ou quatre individus en tête de la procession s'arrêtèrent court.

Là, sans méprise possible, se tenait Bob Watson avec un fusil braqué sur eux. La lune, en se réfléchissant sur le métal de l'arme, transmettait un message dont chacun comprenait le sens. Tous restaient immobiles. Bob Watson avança de quelques pas.

— M'est avis que personne n'a pris au sérieux ce que je disais, articula-t-il lentement de par derrière son fusil. J'ai fait savoir que je descendrais le premier qui viendrait sur ma terre donner la chasse à Sonny Clark. Et je l'entends pas à la blague, croyez-moi. Tant que j'y pourrai mettre le holà, je vais pas laisser lyncher un de mes journaliers. J'ignore qui vous êtes tous, mais j'en aperçois quelques-uns qui sont de ma connaissance. A vue de nez, je dirais qu'à peu près la moitié d'entre vous êtes de mes tenanciers et de mes métayers. Ça signifie que l'autre moitié a pas le moindre brin de justification pour être sur ma terre. Mais ça suppose pas le moins du monde que le reste doive se sentir excusé.

Une voix s'éleva au centre du peloton.

— Mr. Bob, disait-elle, une fille blanche a été violée. On peut guère permettre aux noirs de faire les cent coups dans le pays de cette façon-là. Faut les ramener à la raison.

— Le sheriff est payé pour arrêter tous les contrevenants, coupa Bob Watson d'un ton bref. Personne que lui n'a le droit de mettre les pieds sur ma terre.

— Foutre ! éjacula un autre homme, Jeff Mc Curtain va pas gâcher son élection en fourrant le nez dans cette chasse au nègre. Il a plus de jugeotte que ça.

Bob Watson se déplaça vers le bord de la route, son fusil toujours braqué sur les meneurs.

— Je m'en vais laisser à chacun une dernière chance de s'esquiver de sur ma terre, déclara-t-il. Je m'en vais donner à chacun une minute pour enjamber cette clôture et piquer sur la grand-route. Après quoi je commencerai à taper dans le tas. Mais je vous avertis. Si j'en reprends un seul parmi vous, dans ces parages, à courir après ce garçon, je tirerai à vue la fois prochaine. Et je fais pas de distinction entre les ceuss qui travaillent pour moi et puis les autres. Compris, Shep ?

— Oui, monsieur. Oui, Mr. Bob, répondit Shep platement en esquissant plusieurs pas de côté vers la palissade. J'ai compris ce que vous vouliez dire.

La compagnie s'ébranla, désertant le chemin en toute hâte et ne faisant qu'un saut par-dessus la clôture. Lorsque le dernier homme fut retombé de l'autre côté, Bob Watson vida son fusil en tirant en l'air. Tout en sortant de sa poche une poignée de cartouches pour le recharger, il pouvait ouïr le pilonnement de douzaines de semelles à la surface des champs. Il demeura ainsi sur le chemin, tenant au creux du bras son arme chargée, jusqu'à ce que la rumeur se fût évanouie dans le lointain.

XIII

Le lever du soleil surprit le sheriff Jeff Mc Curtain genoux enfoncés et ventre en bataille dans un carré touffu d'amarante sauvage.

D'aspect inconnu, le paysage qui l'entourait était calme et pacifique. De légers flocons de brume s'exhalaient du sol humide de rosée et flottaient à la dérive sur les terres en friche. Comme Jeff contemplait le spectacle de l'aube, un pivert, tout seul, se mit à marteler gaiement le tronc mort et dénudé d'un sycomore.

Jeff inspectait les alentours, bien en peine de dire où il se trouvait. En compagnie de Bert, il avait exploré, de minuit au point du jour, nombre de recoins ignorés, mais c'était la première fois qu'il perdait le nord. Aussi se grattait-il la tête, inquiet de savoir s'il était toujours dans le comté de Julie ou si, par hasard, il en avait franchi les limites à un moment quelconque de la nuit.

A l'angle d'un des vieux hangars de la cour de ferme, il aperçut Bert qui venait vers lui. Bert avait les yeux battus et la mine défaite. Son chapeau était repoussé en arrière et ses épaules fléchissaient de découragement.

— Bert, où diable sommes-nous ? cria le sheriff tout à fait désorienté. Vous parlez d'un coin de pays ! Je me rappelle pas avoir rien vu d'aussi calamiteux depuis Dieu sait combien de lunes.

— Nous ne sommes guère qu'à douze milles d'Andrewjones, répondit Bert d'un ton las. C'est ici l'ancienne bicoque à Frank Turner.

Bert acheva de le rejoindre en plongeant à travers les herbes. Jeff, quant à lui, se sentait un peu soulagé à l'idée que le terrain qui le portait était encore de son ressort. Au début de sa carrière politique, il avait connu d'affreux cauchemars où il se voyait lancé en de vaines poursuites dans tel ou tel autre comté de l'Etat, cependant que, sur le pas de sa porte, sévissaient à grande échelle le meurtre, le viol et l'incendie. Pour cette raison, pas une fois depuis onze ans il ne s'était aventuré hors du comté de Julie.

— Sheriff Jeff, lui dit Bert, je peux pas croire que Sam Brinson ait mis les pieds par ici. Je crois pas que personne ait fréquenté cet endroit-là depuis une bonne demi-douzaine d'années.

Ils se regardaient l'un l'autre d'un air navré.

— C'est à se demander, musa Jeff à voix haute, quel truc carabiné a bien pu advenir à Sam.

— Peut-être qu'ils l'ont relâché quelque part, suggéra Bert, et qu'en ce cas, il a trop la frousse pour oser sortir de son trou. S'ils se sont fatigués de le traîner après eux, y a des chances qu'ils aient fait ça. Ou alors...

— Ou alors, quoi ? le pressa Jeff fébrilement.

— Ou alors, ça se peut qu'ils aient été de l'avant... et... et qu'ils lui aient fait comme ils ont dit qu'ils allaient faire.

— Non ! protesta Jeff avec force. Pas à Sam. A quelque autre noir, je ne dis pas. Mais pas à Sam Brinson.

Bert fit demi-tour et navigua à travers les herbes en direction de la ferme délabrée. Ils avaient arrêté l'auto sur le devant de la maison lorsqu'ils étaient arrivés en pleine nuit.

Jeff se frayait un chemin malaisé parmi la luxuriance de l'amarante sauvage, mais il se débrouilla du mieux qu'il put pour suivre la trace laissée par Bert. Comme il parvenait enfin à hauteur de la remise, il perçut une voix d'homme dans le voisinage. Il fit halte et prêta attentivement l'oreille, saisi d'un renouveau d'espoir. C'était peut-être Sam qui appelait ainsi.

Bert avait déjà atteint le corps de ferme, mais il revenait sur ses pas.

— C'est Jim Couch, cria-t-il à Jeff.

Jeff, n'en pouvant plus, vint s'adosser à la cloison de la grange.

Il entendait Bert et Jim qui foulaient bruyamment les hautes herbes, mais il ne leva pas les yeux.

— Bonjour, sheriff Jeff, le salua Jim hors d'haleine. Une bien belle journée, n'est-ce pas ?

Jeff s'abstint de répondre. Ne fût-ce qu'un instant, il aspirait à la paix de l'esprit avant d'écouter ce que Jim avait à dire. Il se doutait bien que Jim, s'il eût été porteur de bonnes nouvelles, n'aurait pas manqué de les proclamer de loin et sans plus attendre.

— Ouf ! commença Jim, ça fait depuis hier au soir que je vous cherche, vous et Bert, dans tout le comté de Julie. M'est avis que j'ai dû questionner deux ou trois cents personnes pour savoir si on vous avait vus quelque part. J'aurais certainement pas su vous trouver par ici, sauf que j'ai aperçu votre auto qui était garée devant la maison.

Le cœur de Jeff se serra davantage. Il ferma les yeux en quête d'un dernier moment de tranquillité.

— Alors, Jim, qu'est-ce qui cloche ? demanda-t-il enfin en rouvrant les yeux.

— Le juge Ben Allen...

Jeff poussa un grognement.

— J'aurais pu le deviner, fit-il en baissant la voix. Toute la nuit, j'ai eu peur de ça.

— Le juge Ben Allen s'est empoigné avec Mrs. Narcissa Calhoun, reprit Jim avec volubilité. C'était à propos de cette pétition. Il lui a arraché le papier des mains et l'a déchiré en morceaux. Et il lui a dit qu'il la ferait arrêter pour provocation au désordre si elle essayait d'en fabriquer un autre.

Jeff levait des yeux pleins d'espoir en même temps que tombait sa mâchoire inférieure.

— Après ça, il a téléphoné et m'a commandé de vous trouver tout de suite. C'était pour vous faire dire d'attraper Sonny Clark et de le mettre à l'abri sous le toit de la prison sans qu'on lui ait dérangé un cheveu de la tête.

Jeff s'affala contre la cloison du hangar, les doigts incrustés, à la recherche d'un support, dans les aspérités des vieilles planches battues de pluie. Il évoquait l'image lamentable d'un petit veau de quelques semaines qui se serait pris dans un réseau de fil de fer barbelé.

— Les gars, confia-t-il sur un ton d'accablement, je me sens les fesses ramollies comme ça m'était pas arrivé depuis Dieu sait combien de lunes. Toute la nuit, j'ai couru les chemins du comté de Julie, et maintenant voilà le juge Ben Allen qui s'en vient changer d'idée une fois de plus et qui veut que je laisse tout en plan pour attraper ce nègre de Clark. C'est la Cissy Calhoun qui est cause de tout ce méli-mélo. Si je la tenais là devant moi, je la ferais caleter en vitesse jusqu'à ce qu'elle soit assez flapie pour souhaiter n'être jamais venue au monde.

Jeff glissa lentement le long de la paroi et son corps toucha terre avec un bruit sourd. Bert et Jim bondirent en avant pour prévenir sa chute, mais il était déjà trop tard.

C'est alors que s'empara du sheriff la plus délicieuse sensation qu'il eût éprouvée de toute sa vie. On était au jour le plus chaud de la canicule. Il avait un œil sur Sam Brinson qui s'affairait au soleil auprès d'une vieille automobile. Sam tapait à tour de bras sur sa bagnole rouillée, et lui-même, allongé sur la rive hospitalière de Lord's Creek, les épaules calées contre le tronc d'un chêne aux spacieuses ramures, pêchait la truite mouchetée. D'être là, étendu à l'ombre ; de sentir la molle fraîcheur de la vase filtrer entre vos doigts de pieds ; d'ouïr Sam, à faible distance, qui bricolait avec son vieux tacot, c'était chose presque trop belle pour être vraie. Jeff pêchait au ver et au bouchon, et le bouchon se mit à danser. Surveillant les ronds qui s'élargissaient à la surface de l'eau, il attendit que le bouchon s'immergeât deux fois. Sans le quitter des yeux, il écarta davantage les jambes et poussa ses orteils, plus profondément, dans la bonne humidité de la vase. Puis il se prépara à tirer sur la ligne au moment précis où le poisson mordrait pour la troisième fois. Il se jura incontinent d'attraper six ou huit de ces truites plantureuses et de les emporter chez lui pour que Corra les fît frire et dorer dans de la farine de maïs. Tout d'un coup, le bouchon s'enfonça pour la troisième fois, et Jeff tira de toutes ses forces. Il perdit son point d'appui dans la vase, dévala jusque dans l'eau la pente glissante ; et la canne à pêche, prenant son essor, s'envola au loin par-dessus sa tête.

Quand il ouvrit les yeux, ce fut pour voir Bert et Jim qui, penchés sur lui, lui éventaient la figure à qui mieux mieux. Vivement, il baissa de nouveau les paupières, s'étonnant d'en être venu à détester la pêche autant qu'il faisait si la pêche était le moins du monde un machin-chouette dans ce genre-là.

— Allez-y doucement, sheriff Jeff, disait Bert. Allez-y doucement, sheriff Jeff. Ça passera dans une minute. Allez-y doucement, sheriff Jeff.

— Les gars, fit-il en leur adressant un regard bizarre, j'avais là une de ces touches comme vous n'avez jamais vu la pareille.

Bert l'éventa de plus belle et coula son œil du côté de Jim Couch.

— Allez-y doucement, sheriff Jeff.

— J'ai pris quelques numéros qui pesaient de huit à neuf livres, mais je les ai rejetés illico parce qu'ils étaient trop petits. La loi a beau simplement dire de rejeter à l'eau tout ce qui ne fait pas six pouces, Mc Curtain n'a jamais rien voulu pêcher qui, de la tête à la queue, mesure moins de...

Il se dressa sur son séant et scruta l'étendue des herbes.

— Où est Sam ? s'écria-t-il. Où diable a-t-il pu filer ?

— Tout va bien, sheriff Jeff, déclara Bert avec une feinte assurance. Y a rien qui presse. Allez-y doucement pendant une minute ou deux.

De quelque temps, personne ne parla. Bert et Jim surveillaient le sheriff, sans cesser de l'éventer. Le soleil, à l'autre bout des terres en friche, avait atteint la cime des arbres, et ses rayons tombaient sur la figure de Jeff. Il leva les yeux, battant des cils sous l'éclat de la lumière.

— J'ai dû avoir une espèce d'étourdissement, bredouilla-t-il d'un air penaud. Tout le monde sait que j'ai pas le moindre goût pour la pêche.

— Bien sûr, sheriff Jeff, appuya Bert. Moi et Jim, on va pas s'amuser à croire ce que vous disiez. On le sait bien que vous n'aimez pas la pêche.

Un moment, le sheriff resta tranquillement assis, puis il fit signe à Bert et Jim de l'aider à se remettre sur pied. Il se leva avec difficulté, après quoi, la démarche incertaine, il entreprit de rejoindre son automobile, s'attaquant de nouveau au massif d'amarante et ramant d'un double revers de mains au travers des tiges emmêlées.

— Ça va maintenant, fit-il en écartant Bert et Jim qui voulaient l'assister en cours de route. Ça va si tant est que je me sois pas comporté comme un ballot.

Les deux adjoints ne le lâchaient pas d'une semelle, prêts à venir à la rescousse au cas où il trébucherait sur les accidents du terrain.

Ils ouvrirent à son intention la portière de la voiture, puis s'effacèrent, attendant qu'il leur fît connaître ses dispositions.

— Je fais mon devoir comme je me le représente, dit-il en se carrant confortablement sur le siège. Des fois qu'en fait de nègre, le juge Ben Allen voudrait un macchabée, c'est bon, on le lui procurera. Mais s'il en veut un de vivant, alors de deux choses l'une : ou il s'en ira l'attraper lui-même, ou il prendra patience aussi longtemps que j'aurai pas résolu cette affaire de Sam. Les cimetières regorgent de politiciens qui n'ont pas su écouter la voix du peuple, et je suis pas d'humeur à m'y laisser trimballer avant mon heure.

— Vous voulez dire qu'on va pas se mettre à chercher Sonny Clark ? demanda Jim.

— Exactement, mon fiston, répliqua le sheriff. Je vais pas m'esquinter le cul à courir dans un sens et puis dans l'autre. Si le juge Ben Allen ne peut pas se décider et rester décidé une fois pour toutes, eh ! eh ! ça me paraît une preuve assez claire qu'il est pas tellement sûr de la volonté des gens. Voilà tout ce que je veux savoir. Je m'en vais demeurer à cheval sur la barrière jusqu'à ce que j'aie quelque certitude de retomber en terre ferme quand viendra le moment de sauter. En attendant, si j'ai l'œil ouvert, c'est sur Sam Brinson. Pour peu que ça soit nécessaire, je chercherai après lui jusqu'à la Saint-Glinglin.

— Alors, ça fait qu'on se remettra tantôt à chercher après Sam ? hasarda Bert, dans l'espoir que la poursuite serait interrompue un temps suffisant pour leur permettre d'aller quelque part casser une croûte matinale.

— Non, dit Jeff avec fermeté, en frappant de la main sur la vitre de la voiture. Non. On va se mettre à chercher après lui tout de suite.

Il indiqua du doigt la direction à prendre et Bert manœuvra pour retourner l'auto. Ils s'acheminèrent du côté de Needmore, Jim suivant à quelques mètres dans l'autre voiture.

A un mille environ sur la route, ils avisèrent une maison de tenancier — trois pièces nichées à la lisière d'un champ de coton. Devant la bâtisse, se trouvait une boîte aux lettres suspendue à un poteau en bois de noyer. Accoudé au poteau, un homme vêtu d'une salopette rapiécée regardait approcher les deux automobiles.

— Ralentissez, dit Jeff avec une bourrade dans les côtes de Bert. Ce bougre-là a peut-être des nouvelles de Sam. Arrêtez la voiture.

L'auto vint stopper à quelques pas du fermier. Celui-ci leva un œil soupçonneux et ramena sur son front son rustique chapeau de paille roussi par le soleil.

— Salut ! fit Jeff, se penchant à la portière et le visage fendu d'un large sourire.

— Salut ! répondit l'homme.

Ils s'observaient curieusement, se reposant l'un sur l'autre du soin de reprendre la parole. Jeff mit un bon moment à s'apercevoir que c'était son tour de dire quelque chose.

— Sacrée chaleur qu'on a eue ces derniers temps, hein ?

— Plutôt.

— La femme et les gosses, ça va ?

— Ça va.

— Fini de sarcler votre coton ?

— Pas encore.

— Vous comptez demander une avance au gouvernement sur votre récolte de l'automne ?

— C'est à voir.

— Les charançons vous ont fait beaucoup de dégâts ?

— Pas des masses.

— Ah ! quelle chaleur tout de même !

— Hm-mm.

Les deux hommes se dévisageaient avec méfiance, chacun essayant de lire les pensées de l'autre. Le fermier tira son couteau de poche et fit plusieurs entailles dans le poteau de la boîte aux lettres. Jeff, après une longue, profonde aspiration, se pencha davantage à la portière.

— Pour qui c'est que vous allez voter aux élections prochaines ? demanda-t-il, incapable de différer la question plus longtemps.

— Je suis du parti démocrate.

— Anti-juge Allen, ou pro-juge Allen ?

— Je suis point démocrate de la couleur Allen, si c'est à ça que vous voulez en venir, riposta le fermier non sans vivacité.

Ce que disant, il rejetait son chapeau sur sa nuque et lançait en parabole une bordée de jus de tabac qui s'en vint éclabousser le pneu avant.

Jeff rentra la tête et se passa la main sur la figure, soulagé de connaître désormais son terrain. Il fit signe à Bert de couper l'allumage.

— Je vais me reporter candidat cette année comme d'habitude, dit-il, repoussant, lui aussi, son chapeau en arrière et souriant à l'homme accoudé au poteau. Ah ! j'ai une carrière rudement propre derrière moi. J'ai mis le meilleur de mon existence au service des électeurs du comté de Julie, et avec ça, j'ai posé en règle absolue de ne jamais témoigner aux démocrates de la nuance Allen le moindre favoritisme politique quand il s'agit d'appliquer les lois...

— Comment vous appelez-vous ? s'enquit le fermier en redressant la tête après avoir dirigé un second jet sur le pneu de devant.

— Moi ? fit Jeff, tout déconcerté. Mais... je suis le sheriff Mc Curtain. Je m'imaginais...

— Comment ça se fait-il que vous n'ayez pas bouclé ce nègre dans la prison ?

Le fermier étudiait Jeff, clignant d'un œil et essuyant la lame de son couteau sur la paume de sa main.

— Quel nègre ? Vous voulez dire Sam Brinson ? Je...

— Je connais personne de ce nom-là. Je veux dire Sonny Clark.

Jeff avala sa salive et jeta un coup d'œil à Bert. Il commençait à craindre de s'être attiré plus de mal que de bien en s'arrêtant et en provoquant une controverse politique.

— Oui, comment ça se fait-il que vous vous soyez pas grouillé pour l'attraper avant que cette bande se mette à ses trousses ?

— J'ai figuré que...

— Vous touchez une jolie somme d'argent à la caisse publique, non ?

— Oh ! vous savez, protesta Jeff, ça se monte pas à grand-chose. Y a tout juste de quoi vivre.

— Ça représente bougrement plus de galette que je n'en fais, et que n'en font comme moi des tas de gens de ma connaissance. Et puis, c'est pas tout ça, mais le comté entretient une paire de limiers. Si vous aviez voulu attraper ce nègre, y avait pas trente-six mille choses à faire, y avait qu'à lâcher ces limiers sur sa piste. Vous direz pas que c'est pas vrai ?

Jeff ouvrit la portière pour permettre à l'air de circuler plus librement. La chaleur faisait sourdre la transpiration par tous les pores de sa peau, telle une eau qui suinte à travers un sac de farine.

— Minute, à propos de ces limiers, réclama-t-il sur un ton de défense. Les limiers, vous savez, c'est pas toujours aussi fameux qu'il y a des gens pour le croire. Et puis, le nègre en question est un type si malin, que je me suis dit : il va descendre à gué le cours de Flowery Branch, et dans ce cas, bernique ! mes chiens ne retrouveront jamais sa trace. Par-dessus le marché, ils auraient aboyé si fort, que ça lui aurait fourré la puce à l'oreille. Non, je me suis dit que le meilleur moyen d'y mettre la main dessus, c'était encore de battre les buissons et de l'attraper de cette façon-là.

— Eh ben ! alors, pourquoi est-ce que vous avez pas fait de cette façon-là ? demanda l'homme avec persistance.

Jeff se massait nerveusement la figure. Il n'avait aucune idée de la conduite à suivre en un moment pareil. Il se berçait de l'espoir que le comté de Julie ne recelait pas beaucoup d'électeurs comme le fermier appuyé au poteau de sa boîte aux lettres. Si une chose crevait les yeux, c'est qu'il ne pouvait s'offrir le luxe, même au point où en était l'affaire, de prendre ouvertement parti pour ou contre le lynchage avant d'avoir découvert de quel côté soufflait le vent. Ah ! ces élections ! Jeff en redoutait l'approche plus qu'il n'eût fait celle de la peste. Alors sonnerait, sans échappatoire possible, l'heure d'opter dans un sens ou dans l'autre. Et, tout aussi évidemment qu'il savait s'appeler Mc Curtain, il savait que ses chances d'être réélu ne vaudraient pas un pet de lapin s'il manquait d'apprécier correctement les tendances de l'opinion. Les fois précédentes, le juge Ben Allen avait toujours trouvé moyen d'assurer d'avance le résultat des élections primaires par le simple expédient qui consistait à opérer quelques trocs et marchandages avec l'opposition. Mais Jeff en venait à se demander si le juge Ben Allen aurait dorénavant assez d'influence politique pour emporter des élections où le problème du lynchage, avec toutes ses inconnues, serait étalé au grand jour pour la première fois dans l'histoire du comté de Julie. Que n'avait-il eu la sagesse d'écouter les conseils de sa femme, d'aller à la pêche comme elle l'y avait invité — et non seulement ça, mais de s'y rendre tambour battant !

L'homme à la salopette rapiécée le considérait du même air imperturbable. Jeff se mordit la lèvre inférieure, faisant le vœu que le fermier ne poussât pas plus loin sa question restée sans réponse.

— A propos, dit Jeff en affectant un ton aussi dégagé que le permettaient les circonstances, j'imagine pas que vous ayez vu quoi que ce soit de Sam Brinson, l'homme de couleur ?

Le fermier plissa les paupières, arrêta son regard sur le pneu avant comme s'il ajustait un canon de fusil, plus lança un crachat magistral sur la paroi latérale du revêtement de caoutchouc. Quelques faibles rides se dessinèrent aux deux coins de sa bouche.

— Sam Brinson, qui est ça ? J'ai pas souvenance d'avoir jamais entendu ce nom-là.

— Sam perche de l'autre côté de Flowery Branch — comme qui dirait à mi-chemin entre le ruisseau et Andrewjones.

L'homme secouait la tête lentement.

— Pour qui c'est-il qu'il travaille ?

Jeff esquissa une moue d'excuse.

— Pour personne, à proprement parler. Plutôt à son compte, vous pourriez dire. Il bricole par-ci, par-là avec de vieux tacots qu'il se procure de manière ou d'autre.

— Jamais entendu parler de lui, déclara le fermier, raclant le poteau de la boîte aux lettres à l'aide de son couteau de poche. Mais, de ce que vous dites, ça m'a tout l'air d'être un de ces nègres Geechee. C'est une race qui ferait n'importe quoi pour éviter de travailler dans les champs comme les nègres ordinaires.

Jeff se sentait trop découragé pour demeurer là à prolonger la discussion. Un geste adressé à Bert donna le signal du départ. Bert remit le moteur en marche.

— Si par hasard vous aviez vent de quelque chose au sujet de Sam Brinson, cria Jeff par-dessus le bruit du carburateur, je vous serais bigrement obligé de me le faire savoir.

Le fermier ne souffla mot en réponse. D'un coup de langue, il retourna la chique de tabac dans sa joue gauche, mais la voiture démarra sans lui laisser le temps de recracher sur le pneu. Ils le quittèrent ainsi, accoté d'une épaule contre sa boîte aux lettres.

Ils avaient couvert plus d'un mille lorsque Jeff reprit la parole.

— M'est avis que ce vote-là, je peux lui faire mes adieux pour je sais pas combien de lunes, rumina-t-il mélancoliquement. Aussi, comment me douter que le bonhomme aurait une dent contre les nègres Geechee, et puis que ça serait pas un démocrate pro-Allen par-dessus le marché ?

Il s'interrompit et jeta sur le paysage un œil désabusé.

— C'est pas pour dire, mais on se heurte à de drôles de corps dans la clientèle d'un politicien !

La route qu'ils suivaient longeait, du sud au nord, la limite est du comté. En prenant la direction du nord, ils tendaient à s'éloigner d'Andrewjones, situé vers l'ouest à quinze milles environ du lieu où ils se trouvaient ; mais ils se rapprochaient d'Ernshaw Ridge.

Plus d'un quart d'heure s'écoula durant lequel ils dépassèrent une demi-douzaine, sinon davantage, de cases nègres à l'aspect abandonné. Dans la cour de l'une d'elles, la lessive de la semaine était étendue à sécher, mais l'habitation elle-même semblait avoir été désertée en l'espace de quelques minutes. Bien que les volets de bois fussent fermés et rabattus sur les fenêtres, la porte d'entrée restait entrebâillée.

— Continuez sur Needmore, Bert, ordonna Jeff, le

doigt pointé en avant. Je veux m'y enquérir de Sam. C'est forcé qu'il soit quelque part, enfin, voyons ! Il ne peut tout de même pas avoir disparu dans un trou sans laisser de traces derrière lui !

On était un samedi, et, d'ordinaire, les routes eussent été peuplées, malgré l'heure matinale, de nègres circulant à pied, à califourchon sur leurs mules ou au volant de leurs vieux tapeculs. Mais pas un nègre n'apparaissait à la ronde.

Même à Needmore, on n'en découvrait pas un seul.

Le hameau de Needmore, sis à un carrefour, était à peine assez grand pour mériter un nom. Deux épiceries-bazars s'y faisaient face, le panneau de leurs enseignes disposé en tablier à l'avant du toit. A proximité de l'une d'elles, se dressait, toute rouge, une haute pompe à essence. Hormis quelques châlets épars, non repeints, habités par des blancs, l'agglomération ne contenait rien d'autre. L'endroit avait été baptisé par les nègres qui s'y rendaient aux provisions et qui s'entendaient dire plus d'une fois, lorsqu'ils voulaient acheter un article, « that they would *need more money* » — qu'ils auraient *besoin de plus d'argent.*

Bert ralentit et s'arrêta devant le magasin muni de la pompe à essence. Jim Couch, presque aussitôt, vint se ranger à ses côtés.

Jeff, incapable de refréner son inquiétude, laissait errer son regard sur l'aride étendue de sable qui entourait les deux boutiques. Trop fourbu pour descendre de voiture, il envoya Bert lui chercher sa bouteille de Coca-Cola.

XIV

Harvey Glenn, jeune cultivateur de coton, avait sa ferme juchée sur le long et étroit plateau qui formait la crête d'Ernshaw Ridge. Ce matin-là, après son petit déjeuner, un cure-dents virevoltant au coin des lèvres, il descendait le sentier qui partait de chez lui, lorsqu'il vit une tête noire et crépue affleurer au sommet d'un massif de bardane. Harvey s'arrêta court, jeta son cure-dents et songea à s'armer d'une pierre.

Comme il explorait le terrain en quête d'une pierre de la dimension voulue, les herbes, hautes jusqu'à la ceinture, remuèrent un petit peu. La tête crépue s'éclipsa complètement.

Harvey, reculant de quelques pas, chercha autour de lui, hâtivement cette fois, le premier caillou venu.

La veille au soir, quand avait couru par tout le pays la nouvelle de la chasse à l'homme, Harvey s'était couché avec sa femme comme à l'accoutumée. La moitié pour le moins de la population mâle qui habitait dans ces parages s'était jointe à la curée ; mais Harvey avait informé sa femme, très peu soucieuse, d'ailleurs, de rester seule à la maison, que, nul ne possédant le genre de vue requis pour attraper un nègre dans le noir, il n'allait pas perdre son temps à essayer.

Toutefois, aussitôt avalé son petit déjeuner du

matin, il avait saisi son chapeau et s'était mis en devoir de descendre la côte. A mi-chemin environ entre sa maison et la route en contrebas, il s'était avisé de jeter un regard de côté, et c'est alors qu'il avait vu remuer la bardane.

— C'est toi, Sonny ? appela-t-il, se baissant et ramassant une pierre de la grosseur d'une brique.

Les herbes s'agitèrent violemment, mais il n'y eut pas de réponse.

— Tu n'es pas sourd, que je sache ? cria-t-il plus fort.

Il crut entendre un bruit indistinct. C'était une sorte de grognement qui s'achevait sur une plainte.

— Que diable se passe-t-il là-bas ? s'exclama Harvey en allongeant le cou.

Il se risqua parmi les herbes, mais eut soin de ne pas pousser trop loin et se haussa sur la pointe des pieds pour découvrir si, véritablement, c'était Sonny Clark qui se cachait là. Il ne voulait pas s'engager à la légère et sans être sûr d'avoir affaire à Sonny, car il avait laissé son fusil entre les mains de sa femme, à titre de protection.

— Tu feras bien de me répondre, Sonny ! gronda-t-il impatiemment.

Rien ne bougea dans la bardane. La tête crépue avait disparu pour tout de bon.

— Lève-toi sur tes pattes, Sonny ! ordonna-t-il en se rapprochant. Lève-toi et fais-toi voir, ou sinon, je te flanque ce pavé par la figure !

Sonny montra sa tête en haut des herbes, pareil à une tortue qui émerge prudemment de sa carapace. Les yeux du jeune nègre s'écarquillaient au fur et à mesure qu'il se mettait debout.

— Ah ! dit-il, bien le bonjour, Mr. Harvey. Vous allez bien, de ce temps-là ?

Harvey s'avança vers lui en écartant les tiges de bardane, puis s'arrêta à quelques pas de distance pour le considérer fixement.

— Dis donc, espèce de noiraud, qu'est-ce que tu fiches dans ma propriété ? l'apostropha-t-il d'un ton bourru.

Là-dessus, il entama un circuit autour de Sonny afin de s'assurer que celui-ci était sans arme d'aucune sorte.

Sonny tournait comme sur un pivot, et ses grands yeux ronds suivaient tous les mouvements des jambes d'Harvey.

— C'est donc là votre propriété, Mr. Harvey ?

L'accent chantant de Sonny trahissait sa surprise.

— Parole d'honneur, Mr. Harvey, je me doutais pas le moins du monde que cette propriété vous appartenait. Je me disais que, des fois, elle pourrait bien n'être à personne, vu que, rapport à toutes ces herbes...

— La terre appartient toujours à quelqu'un, prononça Harvey catégoriquement.

— Pas possible ?... et la voix de Sonny se perdit dans le vague. C'est quelque chose que je savais pas encore, Mr. Harvey.

— Tu le sais maintenant, riposta l'autre, se campant face au jeune garçon. Alors, d'où vient que tu te caches sur ma terre comme ça ?

— Oui, monsieur, oui, Mr. Harvey, maintenant je le sais, à qui elle est cette terre, oh ! ça, oui...

Sonny fit une pause pour contempler la bardane.

— Mais comment c'est venu que m'y voilà à c'te heure, ça, je serais bien en peine de vous le dire.

— Pourquoi que t'es pas à travailler chez toi ? N'es-tu pas un des journaliers à Mr. Bob Watson ?

— Si, monsieur, confirma Sonny avec empressement. Je suis de la plantation à Mr. Bob.

Il tourna la tête, et, d'un œil inquisiteur, balaya l'horizon.

— C'est que, comme qui dirait, j'avais guère le cœur à travailler aujourd'hui. Je me sens pas bien du tout, du tout, Mr. Harvey.

Harvey finit par jeter son pavé et pénétra dans le cercle d'herbes froissées où Sonny se tenait accroupi quelques instants plus tôt. Selon toute apparence, Sonny était demeuré là fort longtemps, toute la nuit peut-être. Le jeune garçon battit légèrement en retraite, ses yeux vifs et mobiles embrassant d'un autre regard rapide la majeure partie de l'horizon.

— Comment c'est-il que t'as point le cœur à travailler ? voulut savoir Harvey. Tu te serais pas attiré une sale affaire, par hasard ?

La figure de Sonny se contracta. Il avala sa salive. Ses mains palpèrent jusqu'au fond les poches de sa salopette déchirée.

— Mr. Harvey, j'ai rien fait de mal ! proclama-t-il avec feu. Parole d'honneur, j'ai rien fait de mal !

— Et cette histoire de viol ? demanda Harvey à brûle-pourpoint. Tu appelles ça ne rien faire de mal ?

La consternation se peignit sur le visage de Sonny.

— Vous avez entendu parler de ça, Mr. Harvey ?

— Parbleu, que j'ai entendu parler de ça ! Tout le monde a entendu parler de ça dans le comté de Julie. Tous les Etats-Unis ont entendu parler de ça, maintenant qu'on a pu le lire dans les journaux.

— Dans les journaux ? répéta Sonny. On a mis ça dans les journaux ?

Harvey signifia que oui, tout en surveillant la physionomie du garçon.

— Mais j'ai rien fait de pareil, Mr. Harvey.

Harvey, se penchant, coupa une poignée de tiges à leur sommet. Il les frotta dans la paume de ses mains jusqu'à ce que s'émiettât la graine des capitules et qu'elle coulât entre ses doigts. Puis il jeta la paille de côté et observa Sonny une fois de plus.

— Toujours est-il que t'as fait quelque chose, reprit-il enfin. Ben alors ! de quel nom est-ce que t'appelles ça ?

— J'ai pas fait cette chose que vous avez mentionnée, Mr. Harvey, l'assura Sonny de la même voix chaleureuse.

Il se portait en avant et trébuchait presque dans sa précipitation.

— J'y connais rien, à cette chose que vous avez mentionnée. Jamais de ma vie j'ai rien fait dans ce genre-là, Mr. Harvey. Je l'ai jamais fait, voilà tout !

— Mrs. Narcissa Calhoun dit que tu l'as fait. Et c'est une femme blanche. T'iras pas dire qu'une femme blanche est une menteuse, peut-être ?

— Oh ! non, monsieur, protesta Sonny. Non, Mr. Harvey. Pour sûr que je dirais pas ça ! Mais n'empêche que j'ai rien fait du tout, Mr. Harvey.

— Elle dit qu'elle t'a vu le faire, et que le pasteur Felts t'a vu aussi. La fille de Mr. Shep Barlow déclare que tu l'as fait. Tu prétendras pas qu'ils sont tous des menteurs, non ?

— Je dis point ça, Mr. Harvey. Pour rien au monde, je voudrais disputer la parole des gens blancs. Mais le vrai naturel de la chose, c'est que j'ai rien fait de ça. Ni à Miss Katy, ni à personne d'autre, Mr. Harvey.

Sonny trottait en rond, butant et se rattrapant à presque chaque pas, tant il éprouvait de hâte nerveuse à persuader Harvey de son innocence. Harvey, de son côté, restait immobile et étudiait avec soin le visage angoissé de l'adolescent toutes les fois que celui-ci repassait devant lui.

— Mr. Harvey, je vous dis la vérité quand je dis ça. Les filles de couleur, j'ai jamais rien eu à voir avec elles non plus. Je suis tout bonnement pas au courant de ces choses, Mr. Harvey.

Harvey ne cessait de l'examiner attentivement. Il n'arrivait pas à bannir de son esprit la conviction croissante que le nègre était sincère.

— Qu'est-ce que t'as voulu dire au juste, à propos des filles de couleur ? T'as jamais eu des rapports avec aucune d'elles non plus ?

— Non, monsieur. Non, Mr. Harvey. C'est la vérité pure. Ces choses-là, j'en ai entendu parler, mais pour dire que j'en ai la connaissance, ça, non, pas encore. Je songerais point à vous faire des menteries, Mr. Harvey.

Harvey tourna le dos au jeune garçon et se dirigea vers le sentier, distant d'une douzaine de mètres. Parvenu au ruban de gravier, il s'arrêta. Son regard voyagea le long de la descente et par-dessus la cime des arbres rangés au bas de la côte. Plus loin, s'étendaient les terres basses avec le lacis de haies qui séparait les uns des autres les champs de coton mûrissant. Harvey se demandait où pouvait bien être la bande des chasseurs. Il ne les avait pas entendus depuis que, la veille au soir, s'était produit un grand raffut tout au pied d'Ernshaw Ridge.

Harvey se retourna et épia Sonny, debout dans la bardane avec des herbes jusqu'à la ceinture. Le jeune nègre demeurait dans la position où il l'avait laissé. Il ne manifestait aucune intention de s'enfuir. Harvey s'en revint vers lui.

— Quoi c'est que vous comptez faire, Mr. Harvey ?

— Je sais pas, dit l'autre.

Harvey crut discerner un mouvement sous la chemise de Sonny. Il se rapprocha.

— Qu'est-ce que tu as de caché là-dedans ?

Sonny défit sa chemise et glissa la main à l'intérieur. Il en ramena le lapin.

— Où c'est que t'as dégoté ce lapin ?

— Oh ! c'est juste un des miens, affirma Sonny en caressant les oreilles de l'animal. Je l'ai pris chez moi avant-hier soir, Mr. Harvey.

Sonny tenait le lapin par les oreilles, calant le corps de la bête sur son avant-bras. Le lapin se débattit un instant pour essayer de sauter à terre et de brouter l'herbe courte qui poussait çà et là parmi la bardane. Sonny le remit dans l'ouverture de sa chemise qu'il boutonna de nouveau.

— Je sais pas, grommelait Harvey d'un air perplexe, tirant vigoureusement son chapeau sur ses yeux. C'est pour le coup que je sais pas.

— Quoi c'est donc que vous savez pas, Mr. Harvey ? demanda le garçon secourablement.

Harvey négligea de lui répondre. Il regagna le sentier et s'absorba longuement dans la contemplation du paysage. Sonny ne bougeait pas de sa place.

Prendre une décision était tâche malaisée. Harvey se disait d'abord qu'il était un blanc. Il observait ensuite le noir visage de Sonny. Le moment d'après, il fixait d'un œil absent les cultures dans la plaine et spéculait sur ce qui avait chance d'arriver au terme de l'aventure. Sans doute la bande assoiffée de chasse viendrait-elle lui flanquer de joyeuses bourrades dans le dos et chanter sa louange pour avoir capturé le nègre à lui tout seul. Mais il n'ignorait pas qu'une fois le lynchage exécuté, il se haïrait probablement lui-même jusqu'à la fin de ses jours. Si seulement il était resté à la maison !

— Mr. Harvey ! gémit la voix de Sonny.

Harvey opéra une volte-face irritée.

— Mr. Harvey, monsieur, je vous en prie, donnez-moi la permission de me cacher chez vous. Je m'en irai dans votre grange et ferai tout ce que vous me direz de faire. Je vous en prie, monsieur, Mr. Harvey, ne me forcez pas à descendre là où est cette bande d'hommes blancs...

Ce fut là ce qui décida Harvey. Il lui était carrément impossible de se laisser aller à dissimuler un nègre dans le même temps que la moitié de la population blanche du comté de Julie mettait le pays sens dessus dessous pour découvrir sa cachette.

— Suis-moi ! commanda-t-il rudement en appelant Sonny du geste. Suis-moi par ici !

Il s'engagea dans la descente. Après avoir fait quelques pas, il entendit l'autre à ses talons. Il ne jugea pas utile de se retourner.

Tous deux s'acheminèrent ainsi, par les méandres du sentier, vers la grand-route en contrebas. La distance était d'environ un demi-mille entre leur point de départ et la jonction avec la route. Harvey ne s'avisa de tourner la tête et de jeter un regard à Sonny que lorsqu'ils eurent couvert plus de la moitié du parcours. Il percevait un bruit chaque fois que les pieds nus de Sonny faisaient crisser une feuille sèche ou quelque brindille sur le sol. Le reste du temps, il n'y avait rien pour révéler que le nègre suivait comme il en avait reçu l'ordre.

Ils firent halte à un endroit où la vue s'éclaircissait.

Plusieurs automobiles étaient passés en trombe sur la route poudreuse, allant et venant en de brusques sursauts de vitesse. La poussière formait comme un épais manteau déployé dans leur sillage.

Harvey vira sur ses talons et regarda Sonny dans le blanc des yeux.

— Pourquoi Mrs. Narcissa Calhoun dit-elle que tu l'as fait si tu l'as pas fait ? demanda-t-il avec emportement. Et elle est pas seule à le dire. Deux autres ont dit la même chose.

Harvey était en colère, mais n'aurait su expliquer ce qui l'avait mis dans cet état-là. Il continuait de dévisager Sonny.

— Mr. Harvey, déclara Sonny de tout son cœur, je sais pas pourquoi les blancs disent que je l'ai fait alors que je l'ai pas fait. Je marchais le long de la route, à m'occuper de mes petites affaires, quand tout d'un coup Miss Katy, elle est sortie des buissons et elle m'a empoigné. J'avais aucune idée de ce qui lui passait par la tête. Je me suis demandé si, des fois, elle était pas devenue complètement folle. Elle a commencé par dire qu'elle irait me dénoncer à personne. J'ai tâché d'y poser la question, à propos de quoi elle me dénoncerait à personne, mais elle voulait rien écouter de ce que je disais. Et pendant tout ce temps, je savais bien sûr que c'était pas mon rôle de demeurer là à parler avec une fille blanche. Mais j'y pouvais rien de rien. Elle tenait bon et elle voulait pas me lâcher. Et elle faisait attention à rien de ce que je lui disais. Je me suis démené pour lui échapper, mais elle a serré de plus en plus fort jusqu'à ce que je puisse plus rien faire. Chaque fois que j'essayais de bouger, elle me secouait comme je sais pas quoi. Un garçon, j'aurais pu...

— Est-ce qu'elle savait qui tu étais ?

— Oh ! oui, monsieur. Elle savait ça, vu que, tout le temps, elle m'appelait Sonny. Et c'est à cette minute tapante que Mrs. Narcissa Calhoun et le pasteur Felts sont passés dans leur automobile et se sont arrêtés à côté de nous. Miss Katy a jamais prétendu que je lui faisais du mal. Miss Katy a rien dit du tout. Elle avait tout juste l'air de vouloir s'échapper, même chose que moi. Mais cette femme blanche l'a empoignée pour la retenir. Et le pasteur Felts m'a jeté par terre et forcé d'y rester. Alors cette femme blanche a fait dire la chose à Miss Katy. Même qu'elle la lui a fait dire et redire plusieurs fois. Puis elle a dit au pasteur Felts de me laisser partir, mais elle a gardé sa prise sur Miss Katy et l'a empêchée de s'en aller. Voilà ce qui s'est passé, Mr. Harvey. Si le Bon Dieu Lui-Même était là pour parler à ma place, Il vous dirait pas autre chose. Et vous auriez pas peur qu'Il vous conte des mensonges, le Bon Dieu, pas vrai, Mr. Harvey ?

Harvey regardait ailleurs, détachant ses yeux de l'adolescent. Il ne savait que penser. La conviction s'ancrait en lui que Sonny, en toute justice, ne pouvait être tenu pour responsable des événements. Si Sonny avait eu quelques années de plus, ou qu'il se fût déjà mis dans un mauvais cas, oh ! certes, Harvey n'eût pas balancé une seconde. Il l'eût entraîné de gré ou de force et attaché à un arbre, le temps de prévenir la bande qui venait de passer deux nuits et un jour à sa recherche.

— Si je t'amène pas aux hommes blancs qui te traquent tout partout depuis avant-hier soir, ils iront dire que je suis un dorloteur de nègres quand ils découvriront que je t'ai relâché.

Sa voix hésita, cependant qu'il fouillait le sable mou de la pointe de son soulier.

— Ils seraient même capables de me chasser du pays. Ces hommes-là, ça s'est fourré dans le crâne qu'il fallait t'enfiler au bout d'une corde, et je sais rien dans tout le vaste monde qui puisse les retenir à présent.

— Quoi c'est que vous dites, Mr. Harvey ? demanda Sonny, redoutant de comprendre.

Harvey détourna vivement la tête pour ne pas lire la prière qu'il voyait écrite dans les yeux du garçon. Sans un regard en arrière, il se remit à descendre le sentier. Peu après, il sautait un fossé, et, coupant à même le terrain, se hâtait impulsivement parmi la floraison rugueuse des barbons et de l'immortelle. Sonny collait sur ses traces à moins d'un mètre de distance.

Ayant traversé le maigre lopin de terre inculte, il fit halte une fois encore. Sonny était à ses côtés et levait les yeux sur lui. Harvey inclina longuement, silencieusement la tête avant de pouvoir se contraindre à ouvrir la bouche.

— Sonny, commença-t-il, j'ai horreur comme de la peste d'en être réduit à ce que je fais là.

Tout en parlant, il luttait de son mieux pour regarder le jeune nègre bien en face.

— Mais nous sommes dans un pays de blancs. Les noirs ont toujours dû s'en accommoder, et je vois rien à cette heure qui puisse y changer quoi que ce soit. C'est le train des choses, faut croire.

Sonny resta muet, mais ses yeux roulèrent dans leurs orbites jusqu'à prendre l'aspect de fraîches capsules de coton immaculé. Il avait saisi le sens des paroles d'Harvey.

Ils continuèrent vers la route, courbant la tête sous les basses branches d'un petit bois de noyers et veillant à éviter les ronces qui couvraient les deux côtés de la piste.

— Mr. Harvey ! souffla Sonny d'une voix menue.

Harvey s'arrêta et pivota sur ses talons. Il était bien sûr d'avoir pris son parti, mais se demandait quelle serait son attitude si le garçon piquait une flèche soudaine dans le bouquet d'arbres.

— Qu'est-ce que tu veux, Sonny ?

— Mr. Harvey, s'il vous plaît, monsieur, vous voudriez point faire une toute petite chose pour moi ?

— Quoi, par exemple ?

Ses puissants bras noirs écartant les branches, Sonny avança de quelques pas et posa sur Harvey un œil suppliant.

— Mr. Harvey, si vous jugez pas pouvoir faire autrement que comme vous avez dit, je vous serais bien, bien obligé de me tirer un coup de fusil au lieu de me remettre à tous ces hommes blancs.

Harvey se trouva sans un mot. Il considérait le jeune garçon d'un air étrange, avec le sentiment de ne l'avoir jamais vu de sa vie. Bientôt, ses yeux en arrivèrent à ne plus rien distinguer de ce qu'ils regardaient. Alors, il se détourna. Ses pieds allaient le long du chemin, emportant le corps avec eux.

— Vous voulez pas faire ça, Mr. Harvey ?

— Impossible, Sonny.

— Pourquoi, Mr. Harvey ?

Harvey secouait la tête de droite et de gauche, une douleur le poignant à chaque tendon de sa nuque.

— Pourquoi, Mr. Harvey ? répétait Sonny plaintivement.

— J'ai pas de fusil pour le faire, répondit Harvey en butant sur le sol.

XV

La matinée était à peine en son milieu lorsque Jeff et Bert quittèrent Needmore ; mais déjà, aux yeux de Jeff, cette journée semblait la plus longue qu'il lui eût été donné d'endurer. Jim Couch avait reçu mission de rentrer à Andrewjones, porteur d'un vague message pour le juge Ben Allen. Après une nuit d'épuisantes allées et venues, sans sommeil et le ventre vide, Jeff s'était résigné à son sort. L'espoir n'en subsistait pas moins, enfoui dans un recoin de sa cervelle, qu'à l'heure de dépouiller le scrutin, et par l'effet de quelque miracle, il se trouverait réélu.

Jeff et Bert faisaient route en silence. La surface non empierrée était rude et cahoteuse, et ils rencontraient de-ci de-là des passages défoncés où la voiture ferraillait et brinquebalait comme si elle devait tomber en pièces d'un moment à l'autre. Quand le sheriff fut à bout de patience, il invita Bert à ralentir.

— Je suis prêt à parier, dit Bert, que, ces deux derniers jours, plus d'autos sont passées de ce côté-ci que pendant tout le restant de l'année depuis le mois de janvier.

— Sitôt que cette affaire de lynchage sera liquidée, promit Jeff, je toucherai un mot au directeur des ponts-et-chaussées pour qu'il envoie quelques rouleaux et fasse rafistoler la route.

Sur ces entrefaites, au beau milieu d'un tournant, ils faillirent tamponner un fermier qui cheminait sur sa mule. L'homme se rendait à l'un des magasins de Needmore pour y négocier un panier d'œufs.

Bert stoppa juste en temps voulu. Le fermier, ne disposant que d'une main, se révéla impuissant à ramener sa lente monture vers la droite. Ce fut à Bert de se ranger sur le bord de la route.

— Salut ! fit l'homme, arrêtant sa mule. Vous êtes le sheriff Mc Curtain, n'est-ce pas ?

— Salut ! répondit Jeff avec un sourire plutôt forcé. Oui, paraît que je suis le sheriff. A tout le moins, jusqu'aux élections. Si j'avais les voix d'un tas de bons et braves fermiers comme vous, y a grand-chance que je le resterais. Comment que vous allez voter c'te année ?

— Pas encore décidé, dit le fermier, passant le panier d'œufs d'une main dans l'autre. Me faudra peser ça un tantinet dans ma tête, comme je fais toujours avant de déposer mon bulletin.

— Bon, ça ! déclara Jeff, s'obligeant à sourire des deux côtés de la figure. J'admire toujours un électeur qui parle de cette façon-là. Les gens devraient faire bigrement attention à l'homme politique qu'ils choisissent. Bien des fois, le mauvais candidat se fait élire, et c'est le peuple qui pâtit.

Le fermier opina du bonnet et repassa son panier dans l'autre main.

— Y a un petit moment de ça, j'ai vu quelque chose de bizarre, annonça-t-il avec un mouvement de tête vers la route derrière lui. A comme qui dirait une demi-mille d'ici. J'allais mentionner la chose en arrivant à Needmore.

Jeff sursauta.

— Qu'est-ce que c'est que vous avez vu ?

— Un nègre, dit l'autre. C'est drôle, mais j'ai vu un nègre que j'avais jamais encore avisé dans les parages. A sa débine, m'a semblé le reconnaître pour un de ces nègres Geechee. Le plus étonnant, avec ça, est que ç'ait été un nègre quelconque. J'en avais pas rencontré un seul depuis avant-hier, quand tous ceux qui perchent par ici se sont défilés jusqu'au dernier au fin fond de la forêt.

— Où s'en est-il allé ? demanda Jeff, se levant presque de son siège. Où est-il à présent ?

Le fermier secoua dubitativement la tête.

— Au moment que je l'ai aperçu, il était planté, par là-bas d'où je viens, dans une petite clairière au bord de la route. De l'air qu'il avait, vous l'auriez cru dans les nuages. Il a même pas fait mine de détaler. Je lui ai dit quelque chose, mais il donnait pas l'impression de m'entendre. C'est ça qui m'a frappé comme plutôt drôle. Jamais auparavant j'ai vu un nègre se comporter ainsi.

Jeff commença tout ensemble à taquiner Bert avec son coude et à se mouvoir d'avant en arrière, comme s'il essayait de mettre la voiture en marche sans l'aide du moteur.

— Faut que je me rende compte dare-dare ! cria-t-il au fermier.

Il bourrait vigoureusement les côtes de Bert.

— Dépêchez-vous, Bert ! Dépêchez-vous !

Ils dévorèrent la route sans égard aux cahots du parcours. Jeff se cramponnait des deux mains à la portière. De temps en temps, il se tournait vers Bert, avec, dans les yeux, une impatience qu'il ne pouvait réprimer.

— C'est Sam, y a pas de doute ! s'exclamait-il fébrilement. Qui voulez-vous que ce soit d'autre ? Pas de doute à ça, c'est Sam tout craché !

L'auto roulait à cinquante milles à l'heure, mais n'allait pas encore assez vite au gré de Jeff. Il administra à Bert quelques bonnes bourrades supplémentaires.

— Bert, savez-vous ce que je vais faire ? disait-il, le regard embué sous l'effet du choc nerveux.

— Et quoi donc, sheriff Jeff ?

— Je m'en vais obtenir du tribunal qu'il rende un jugement de *non compos mentis* dans le cas de Sam. Comme ça, le pauvre bougre cessera d'être empoisonné de mandats à n'en plus finir. Il aura toute la liberté du monde et le droit de bricoler tant qu'il voudra avec ses vieux tacots. Seulement, on pourra plus le considérer responsable de ses actes. Oui, voilà ce que je vais faire ! Je m'en vais obtenir ce jugement sitôt que je serai rentré en ville !

Bert freina brusquement et la voiture s'arrêta dans un vacarme assourdissant. Là, à une dizaine de pas, et les fixant d'un air d'extrême perplexité, se tenait Sam Brinson. Jeff sauta à terre aussi rapidement qu'il put. Sam frissonnait de tous ses membres comme s'il était en train de prendre froid. Sa guenille de salopette offrait un aspect si minable, qu'on l'eût dite fabriquée de pièces et de morceaux.

— Sacré tonnerre ! Sam, où diable as-tu donc été pendant tout ce temps-là ? s'écria Jeff, jetant sa charpente en avant et plongeant à travers les herbes du fossé.

Sam ne fit qu'un bond parmi les arbustes derrière lui. L'instant d'après, il était hors de vue.

— Sam ! appela Jeff qui se débattait aveuglément dans un fouillis de branchages. Minute ! Sam, allons, voyons !

Bert se précipita aux côtés de Jeff.

— Ne bougez pas, sheriff Jeff. Ne dites rien. Peut-être que comme ça, on arrivera à l'entendre.

Ils écoutèrent attentivement, tortillant le cou et écartant le feuillage avec prudence.

— C'est-il vous, Mr. Jeff ? leur parvint une voix fluette et tremblante d'effroi.

— C'est moi, Sam. T'as plus rien à craindre maintenant. Allons ! sors-moi de là !

Ils attendirent, mais Sam ne reparaissait point.

— Tu m'as entendu, coquin de noir ! cria Jeff avec impatience. Amène-toi si tu veux pas que ça pète et que je te tire de là à coups de pistolet. Je te vois, va ! Tu peux pas te cacher de moi.

Le buisson commença de remuer à vingt pas de distance. Sam se rapprochait centimètre par centimètre.

— Sam, où as-tu donc été durant tout ce temps-là ?

— Me demandez pas ça, Mr. Jeff. Demandez-moi plutôt où c'est-il que j'ai pas été. Je le déclare, j'ai jamais eu tant de misères de toute ma vie.

Il les confrontait désormais, ratatiné et le dos rond. Ses yeux étaient injectés de sang.

— J'étais certes pas loin de te croire fichu, lui dit Jeff.

Jeff était si heureux de voir le nègre, qu'il avait envie d'aller à lui et de le tâter pour s'assurer qu'il était réel et bien vivant.

— Je t'ai cherché partout, ajouta-t-il avec une rudesse affectée. Où c'est donc que tu te promenais ?

Un tremblement s'empara de Sam au ressouvenir de ses épreuves récentes.

— Mr. Jeff, ces hommes blancs, ils m'ont quasiment réduit à la peau et aux os.

Son regard s'abaissa sur ses souliers. Ils n'avaient plus de semelles et les tiges lui pendaient aux chevilles.

— Ces hommes, ils m'ont trimballé dedans les fourrés avec une corde nouée autour du cou. Puis, quand ils se sont fatigués de la chose, ils m'ont attaché à l'arrière d'une auto et fait faire la course de c'te manière-là. La moitié du temps, ils roulaient si vite, que je pouvais pas les suivre et que je traînais par terre. Pour sûr que j'ai cru ma dernière heure venue, sauf que, voilà un moment de ça, ils ont trouvé ce Sonny Clark et ils m'ont relâché.

— Ils l'ont trouvé ? hurla Jeff aux oreilles du nègre.

— Oui, monsieur. Ça, oui, Mr. Jeff. Ils l'ont trouvé et ils m'ont relâché. Y a de ça un brin de temps, et m'est avis que ce garçon noir, à présent, ils ont dû lui régler son affaire.

— Où ça ? demanda Jeff.

— Plus bas sur la route, à Flowery Branch, par là où y a cette rangée de saules.

Jeff tira sa montre et en étudia le cadran. Il écrasait l'ongle de son pouce contre le verre, désireux, semblait-il, de presser la marche des aiguilles.

— La matinée s'avance, remarqua-t-il avec un coup d'œil sur le soleil à titre de comparaison. Y a plus beaucoup à attendre jusqu'au déjeuner.

Il remit la montre dans son gousset et se dirigea vers l'automobile. Bert l'accompagnait fidèlement.

— Mr. Jeff, s'enquit la voix timide de Sam, quoi c'est-il que vous comptez faire de moi ?

Ils se retournèrent et le virent qui rentrait dans le fourré.

— Coquin de noir ! éclata Jeff, veux-tu bien rappliquer par ici ? Que je t'y reprenne jamais à vadrouiller là où je pourrais plus te voir. Fais-moi le plaisir de grimper là-dedans. Je vais te remettre sous bonne clef dans la prison.

Ils montèrent tous en voiture. Sam s'accroupit sur le plancher de derrière au lieu de s'asseoir sur le siège.

Au bout de deux ou trois milles, Sam appela à voix basse.

— Qu'est-ce que tu veux, Sam ? lui demanda Jeff.

— J'ai oublié de vous dire à propos du lapin.

— De quel lapin ?

— Je peux pas y croire exactement moi-même, dit Sam en hésitant. Mais je l'ai vu.

— Tu as vu quoi ?

— Quand ces hommes blancs ont empoigné Sonny, un lapin a sauté de sa chemise, tout comme s'il lui sortait du ventre. Avec ça, il avait pas fait plus d'une couple de sauts, qu'ils lui ont tiré dessus et l'ont mis en bouillie. Maintenant, Mr. Jeff, c'est pas que je veuille vous le faire croire, attendu que moi-même, j'y crois pas exactement. N'empêche que mes yeux l'ont vu.

Bert et Jeff échangèrent un regard, mais ni l'un ni l'autre ne dit mot. Jeff se tirebouchonna sur son siège pour examiner Sam affalé sur le plancher. Après quoi il reprit sa position première et ne détacha plus ses yeux du parcours.

Comme ils arrivaient presque au pont de Flowery Branch, deux autos les croisèrent et les dépassèrent à grande allure, laissant derrière elles un suffoquant nuage de poussière jaune. Impossible, à la vitesse où elles allaient, d'identifier un seul des occupants.

— M'ont tout l'air d'en avoir fini, commenta Bert. Juste comme disait Sam.

— S'ils ont vraiment été de l'avant et fait leur boulot pour de bon, dit Jeff, alors, je remercie le ciel d'avoir pu en sauver un sur deux.

A cent mètres du pont, ils virent des automobiles par douzaines qui stationnaient en pleine route et bloquaient le passage. D'autres avaient été garées dans les herbes du talus.

D'une pression sur le bras de Bert, Jeff fit arrêter la voiture. Peu après, il signifiait à Bert de la ranger à l'écart de la route, en quelque endroit où il ne serait pas trop facile de l'apercevoir. Sam, lorsqu'il sentit que l'auto ne bougeait plus, jeta par-dessus le siège un regard anxieux; puis il se pelotonna de nouveau en gémissant.

— Nous pouvons rien faire sans aide, observa Bert tout trépidant. Faudrait aller en ville et réquisitionner...

— Plus besoin de ça maintenant, le coupa Jeff. La besogne est faite et bien faite, mon fils.

Bert guida la voiture dans un fourré jusqu'à ce qu'elle fût pratiquement camouflée aux yeux des passants. Ensuite, Jeff descendit, et, à travers les broussailles, épia le bouquet de saules sur la rive.

— Pardieu qu'ils l'ont fait... Comme je vous ai dit! murmura Jeff à Bert qui l'avait rejoint.

Là-bas, suspendu à une grosse branche qu'on avait dépouillée de ses feuilles à coups de fusil et de pistolet, oscillait le corps sans vie d'un jeune nègre. De quarante à cinquante individus pour le moins s'attardaient sur la scène, répartis en petits groupes dans le voisinage de l'arbre. D'autres s'éloignaient. On entendait démarrer une ou deux automobiles aux approches du pont.

— Tout ce qu'il nous reste à faire, conclut Jeff avec tristesse, c'est d'envoyer chercher le coroner. Dorénavant, mon fils, nous n'y pouvons plus rien de rien.

Bert lui saisit le bras.

— Quand même, suggéra-t-il, nous ferions peut-être bien de prendre quelques noms. Des fois que le juge Ben Allen songerait à établir un dossier d'accusation...

Jeff tressaillit.

— Non, décida-t-il d'un ton ferme. Il sera pas dit que je me laisserai mêler à cette bagarre politiquement. La masse des citoyens...

— Mais...

Jeff regagnait déjà sa voiture, abandonnant Bert au milieu des buissons. Avant longtemps, Bert le rappelait presque à voix haute.

— Sheriff Jeff, l'adjurait-il, ramenez-vous par ici ! Vite, vite !

Jeff s'en retourna voir ce qu'on lui voulait.

— Regardez !

Bert montrait du doigt la direction opposée, celle de l'aval.

Katy Barlow guéait le cours d'eau, venant de l'autre rive. Nul encore, aux alentours de l'arbre, ne se doutait de sa présence, bien que, désormais, elle fût à moins de douze mètres. Juste à ce moment, elle s'immobilisa et porta les yeux sur le cadavre de Sonny qui tournoyait au bout de sa corde.

— Il ne l'a pas fait ! cria-t-elle à tue-tête.

Cette explosion soudaine dans la paix du bois se prolongea en écho pendant près d'une minute.

Katy se jeta en avant.

— C'était un mensonge ! Il ne l'a pas fait ! C'est Mrs. Narcissa Calhoun qui me l'a fait dire ! Il ne l'a pas fait !

Sur la fin de sa tirade, elle hurlait à la manière d'une folle.

Nombre d'individus qui avaient atteint les abords du pont repiquèrent vers l'arbre au pas gymnastique. Ceux qui étaient sur place se figèrent, comme hypnotisés.

Bert entendit Jeff qui avalait sa salive une demi-douzaine de fois.

— Pourquoi que vous me croyez pas ? vociférait Katy, courant d'un groupe à l'autre et battant les hommes de ses poings fermés. Quand je vous dis qu'il l'a pas fait ! Personne ne l'a fait ! C'était tout des mensonges !

Le cadavre sur sa corde s'arrêta de tourner un bref instant, puis, avec lenteur, se mit à tourner en sens inverse. Quelques témoins levèrent la tête et le suivirent des yeux. On eût dit qu'ils ne l'avaient jamais vu jusque-là !

— Personne ne l'a fait ! s'égosillait Katy.

Echevelée et souillée de boue, elle semblait, toute la nuit durant, avoir pataugé dans le marais.

— C'était pas vrai, que je vous dis !

Un demi-cercle s'était formé autour d'elle et la dérobait presque entièrement. Jeff et Bert demeurèrent un bon moment sans l'apercevoir.

— Demandez à Leroy Luggit ! rugissait-elle. Il le sait bien, que c'est pas vrai ! Demandez-lui donc ! Il le sait, lui !

Katy courut à l'arbre où se balançait le corps du

jeune nègre. Les hommes se déplacèrent avec elle, refusant de la lâcher d'un pas.

— Pourquoi que vous allez pas trouver Leroy Luggit et lui demander ? leur criait-elle d'une voix enrouée. Il vous le dira, que c'était un mensonge ! Il le sait, lui ! Il le sait ! Il le sait !

Un silence tomba sur l'étendue de la saulaie. L'unique bruit que Jeff et Bert pussent percevoir était le raclement de leur propre gosier. La foule cernait l'arbre de plus en plus près. Jeff et Bert ne réussissaient à entrevoir Katy que dans l'intervalle de leurs silhouettes mouvantes.

Tout à coup, un cri perçant... Il emplit le bosquet. Un grondement de voix furieuses lui succéda. Un geai affolé, se cognant des ailes aux hautes branches d'un arbre, émit un sifflement strident et disparut dans la direction d'Ernshaw Ridge.

— Qu'est-ce qui se passe, Bert ? chuchota Jeff, visiblement secoué.

— Je peux rien distinguer du tout, répondit Bert sur un ton d'impuissance.

— Si elle est en danger, déclara Jeff, va falloir qu'on la protège.

Mais il était indécis.

— Ils iraient tout de même pas lui faire du mal, hein, Bert, qu'en dites-vous ?

Bert hésitait, enserrant de sa main une tige d'arbrisseau.

— Non, avoua-t-il, ça paraît guère probable. A moins, pourtant, qu'ils se soient tournés...

Jeff se raidit contre le plus fort des jeunes arbustes. La sueur lui coulait du front et par toute la figure.

Katy poussa un nouveau cri, mais faible et étouffé. Aussi rapidement qu'ils s'étaient assemblés, les hommes foncèrent sur le pont, se bousculant et s'injuriant à l'envi. Pour la première fois, Jeff et Bert virent des pierres qui volaient en l'air. Bientôt, et comme la frappait un dernier fragment de roc, Katy s'affaissa sans une plainte.

Jeff, qui vacillait sur ses jambes, se raccrocha au bras de Bert. Ni l'un ni l'autre n'avait la force de parler.

L'un des fuyards fit brusquement demi-tour, rebroussa chemin et lança un lourd pavé sur le corps inerte de Katy. La seconde d'après, il galopait vers le pont, non sans jeter quelques coups d'œil furtifs par-dessus son épaule.

— Bert...

Jeff n'en put dire davantage.

Ils plongèrent parmi la fruste végétation, tandis qu'aux quatre coins du bois se répercutait la bruyante pétarade des moteurs d'automobiles. Bert arriva longtemps avant Jeff. Au moment où celui-ci vint s'échouer contre l'arbre, Bert, agenouillé par terre, avait soulevé Katy et la tenait dans ses bras.

— Katy..., disait-il, usant de mille précautions pour soutenir la jeune fille.

Elle ouvrit les yeux et les leva sur les deux hommes à travers le désordre de sa chevelure d'ébène. Bert lui écarta les cheveux du visage.

Un léger sourire affleura aux lèvres de Katy.

— Dites à Leroy... fit-elle d'une voix éteinte.

Le sourire s'évanouit.

Du plus délicatement qu'il put, Bert la déposa sur le tas de pierres ; et quand il se redressa, ses yeux cherchaient les yeux de Jeff.

— Sheriff Jeff, sa tête, c'était comme si...

Il balbutiait, considérant son compagnon plus âgé avec une expression étrange.

— Sa tête...

Jeff fit signe qu'il comprenait, puis il détourna ses regards. Il acheva d'aller jusqu'au ruisseau et, là, se perdit dans la contemplation du courant qui se brisait en remous divers sous l'épave d'une grosse souche. Lorsqu'il refit face du côté de l'arbre, il vit Bert, debout et l'air absent, près du corps de la jeune fille, cependant qu'au-dessus d'eux, la noire silhouette continuait de tournoyer doucement à l'extrémité de sa corde. Jeff se passa la main sur la figure et en frotta ses paupières cuisantes.

Il quitta son poste au bord de l'eau.

— Voilà qui devrait mettre fin pour toujours au lynchage des gens de couleur, marmonna-t-il en s'éloignant.

Bert courut pour le rattraper.

— Que disiez-vous, sheriff Jeff ?

— Oh ! rien qui vaille, mon fils, repartit le sheriff un peu plus distinctement. Maintenant, faut nous dépêcher de rentrer en ville et de faire un rapport sur tout ceci. Le coroner va vouloir se renseigner. Les morts de cette espèce, c'est à lui d'en rechercher la cause. Il souhaitera connaître tous les détails pour être à même de remplir son devoir selon sa conscience, à l'abri de la crainte comme du parti-pris.

Il avançait, sans voir devant lui, dans la direction de la route.

— Hum ! réfléchit-il à voix haute, il est rudement bien tout de même, ce serment qu'on vous fait prêter quand vous accédez à une fonction publique. M'est avis que ça m'était tant soit peu sorti de la cervelle.

Il ouvrait la marche, tout seul.

DU MÊME AUTEUR

Aux Éditions Gallimard

LE PETIT ARPENT DU BON DIEU.

LA ROUTE AU TABAC.

NOUS LES VIVANTS.

UN PAUVRE TYPE.

TERRE TRAGIQUE.

UN CHATELAIN DES HAUTES TERRES.

UN P'TIT GARS DE GEORGIE.

LES VOIES DU SEIGNEUR.

LE DOIGT DE DIEU.

TOUTE LA VÉRITÉ.

SOLEIL DU SUD.

UN PATELIN NOMMÉ ESTHERVILLE.

... MAIS L'ART EST DIFFICILE.

LA RAVAGEUSE.

JENNY TOUTE NUE.

Impression Bussière à Saint-Amand (Cher),
le 4 mars 1985.
Dépôt légal : mars 1985.
Numéro d'imprimeur 320.

ISBN 2-07-037634-6./Imprimé en France.

35039.